Jeunesse

ON SE REVERRA, PARVANA…

Qui est l'auteur ?

Deborah Ellis est née dans l'Ontario, où elle a passé ses années de jeunesse. Militante pour la non-violence dès l'âge de dix-sept ans, elle rejoint la ville de Toronto, après ses études secondaires, afin de militer pour la paix. Plus tard, elle s'investit dans un mouvement en faveur de l'égalité des femmes, centré sur les droits des femmes et la justice économique. Aujourd'hui, elle travaille à Toronto, comme conseillère pour une association familiale. Mais son engagement le plus fort est politique : Deborah Ellis est une fervente partisane de la politique antimilitariste.

DEBORAH ELLIS

ON SE REVERRA, PARVANA...

Traduit de l'anglais (Canada)
par Anne-Laure Brisac

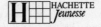

DU MÊME AUTEUR DANS
Le Livre de Poche Jeunesse

Parvana – Une enfance en Afghanistan
Le voyage de Parvana
Binti, une enfance dans la tourmente africaine
Trois vœux

1

— Quand est-ce qu'elle a dit qu'elle revenait, Mme Weera ?

Shauzia avait déjà posé la question tant de fois que la femme assise dans le baraquement de Mme Weera ne daigna même pas lever la tête. Elle se contenta de lui indiquer la porte du doigt.

— C'est bon, je sors, dit Shauzia. Mais je ne vais pas loin. Je vais m'asseoir à l'entrée et j'attendrai jusqu'à ce qu'elle revienne.

La femme était plongée dans les dossiers qui encombraient ce qui lui servait de table de travail. Cette pièce n'était pas seulement utilisée comme bureau à l'Association d'aide aux veuves et aux orphelins du camp de réfugiés ; c'était aussi le siège d'une organisation secrète d'aide aux femmes qui travaillait de l'autre côté de la frontière du Pakistan, en Afghanistan. Là-bas, les taliban étaient encore au pouvoir. L'organisation de Mme Weera s'occupait clandestinement d'écoles et d'hôpitaux, et publiait un journal.

Shauzia eut envie de sauter sur la table et de donner un grand coup de pied dans les papiers pour les faire voltiger sur le sol crasseux, juste pour que la femme réagisse. Mais finalement elle sortit et se laissa tomber lourdement dans l'entrée, le dos affaissé contre le mur.

Jasper, son chien, profitait du moindre coin d'ombre le long des murs de la cabane. Il leva la tête de quelques centimètres pour saluer sa maîtresse, mais la reposa aussitôt. Il faisait trop chaud pour bouger.

Les rues et les murs qui constituaient le camp étaient entièrement faits de terre ; cela retenait la chaleur comme un four brûlant et tout cuisait à l'intérieur comme du pain. Shauzia n'échappait pas à la règle. Des mouches venaient se poser sur son visage, ses mains et ses chevilles. Non loin d'elle, la folle qui habitait là se balançait en gémissant.

— Tu te souviens quand on était dans les pâturages, là-haut ? demanda Shauzia à Jasper. Tu te souviens comme l'air était pur et frais ? Comme on entendait les oiseaux chanter, et pas les femmes gémir ?

Elle souleva son *tchador* pour relever ses cheveux qui lui collaient dans le cou.

— On aurait peut-être dû rester avec les bergers,

dit-elle en balayant une mouche d'un revers de main et se recouvrant la tête et les épaules de son *tchador*.

— J'aurais peut-être dû garder mes cheveux courts comme un garçon plutôt que de les laisser pousser. C'était l'idée de Mme Weera. Elle me donne des ordres dans tous les sens, elle a des idées stupides et jamais elle ne me trouvera une paire de chaussures correctes. Regarde-moi celles-là !

Elle ôta une de ses chaussures et la montra à Jasper, qui garda les yeux clos. La sandale, ficelée de bouts de cordelettes, était à deux doigts de tomber en morceaux.

Shauzia se rechaussa.

— Et pour toi, c'est pas normal d'être dans cette chaleur, ajouta-t-elle à l'attention de Jasper. Tu es un chien de berger. Tu devrais retourner dans les montagnes avec les moutons, ou même, mieux, sur le pont d'un grand navire, avec moi, avec le vent de l'océan qui souffle tout autour de nous.

Shauzia n'était pas tout à fait certaine qu'il y avait du vent sur l'océan, mais elle s'imagina que ce devait être le cas. Après tout, il y avait bien des vagues.

— Je suis vraiment désolée de t'avoir emmené ici, Jasper. Je me disais que ce serait une étape avant de trouver un meilleur endroit, pas un cul-de-sac. Tu ne m'en veux pas ?

Jasper ouvrit les yeux, dressa les oreilles quelques secondes, puis replongea dans sa sieste. Shauzia prit cela pour un assentiment.

Jasper avait appartenu à des bergers, mais quand

Shauzia et lui s'étaient rencontrés, ils avaient compris qu'ils étaient vraiment faits l'un pour l'autre.

Shauzia se pencha en arrière et ferma les yeux. Peut-être arriverait-elle à se souvenir à quoi cela ressemblait un peu d'air frais. Peut-être cela parviendrait-il à la rafraîchir.

— Shauzia, raconte-nous une histoire !

Elle resta les yeux clos.

— Allez-vous-en.

Elle n'était pas d'humeur à faire risette aux enfants de l'association.

— Raconte-nous des histoires de loup.

Elle ouvrit un œil et observa le groupe de jeunes enfants qui se tenait devant elle.

— J'ai dit : Allez-vous-en.

Elle n'aurait jamais dû se montrer gentille avec eux. À présent, ils n'allaient plus la laisser tranquille.

— Qu'est-ce que tu fais ?

— Je m'assois.

— Alors on va s'asseoir avec toi.

Les enfants se laissèrent tomber sur le sol de terre, tout près d'elle. Un grand nombre avait la tête rasée suite à une récente invasion de poux qui avait infesté le camp, et la plupart avaient le nez plein de morve. Ils avaient tous d'immenses yeux et les joues creuses. Il n'y avait jamais assez à manger.

— Fais attention, tu me donnes des coups. Arrête, dit-elle en repoussant une petite fille qui était affalée sur elle.

Les orphelins que ne manquait pas de trouver

Mme Weera et qu'elle ramenait à l'association étaient particulièrement collants.

— Vous êtes pires que des moutons.

— Raconte-nous des histoires de loup.

— Une seule, et après vous me fichez la paix ?

— Une seule.

Ça valait peut-être la peine, s'ils la laissaient tranquille ensuite. Elle avait besoin de calme pour réfléchir à ce qu'elle allait dire à Mme Weera. Cette fois-ci, on ne se débarrasserait pas d'elle en la sommant d'exécuter un de ces « petits boulots ».

— Bon. Je vais vous raconter une histoire de loup.

Elle respira profondément et commença.

— C'était quand je travaillais comme bergère. Les moutons paissaient dans les pâturages des hautes montagnes en Afghanistan, là où l'air est pur et frais.

— Ça, c'est l'Afghanistan, fit l'un des enfants en montrant son poing fermé.

— Ça, c'est l'Afghanistan, renchérit un autre.

Shauzia se retrouva avec une douzaine de mains crasseuses brandies sous ses yeux, les pouces dressés qui figuraient la province du Badakhstan.

— Ne m'interrompez pas. Vous voulez écouter l'histoire, oui ou non ? dit Shauzia en repoussant les mains des enfants.

» Donc nous étions là-haut, dans les pâturages, là où tout est vert, l'herbe, les fourrés, les pistachiers, les grands chênes. D'un vert magnifique.

Shauzia chercha autour d'elle quelque chose qui aurait la même couleur. Tout était d'un gris jaunâtre.

La plupart des enfants avaient passé là l'essentiel de leur courte vie.

— Vous voyez le *shalwar kamiz*[1] de Safa ? Là-haut dans les montagnes, tout est du même vert que ça.

Les vêtements de Safa, couverts de poussière, étaient à l'origine de couleur verte. L'eau était rare, et personne n'avait les moyens de faire de lessive.

Les enfants poussèrent des cris d'enthousiasme et se lancèrent dans de grandes discussions sur les couleurs. Shauzia dut les faire taire pour pouvoir continuer son histoire. Peut-être qu'après ils la laisseraient tranquille.

Elle leur décrivit les pâturages dont elle se souvenait et durant quelques minutes se laissa transporter loin du bruit, de la poussière et des odeurs du camp de réfugiés.

— Un soir, alors qu'il faisait noir, j'étais assise avec les moutons, je les gardais, parce que ces bêtes sont si stupides qu'elles ne sont pas capables de se garder toutes seules. Les autres bergers – des hommes, des adultes – dormaient. J'étais la seule à ne pas dormir. J'étais assise près d'un petit feu de camp, je regardais les étincelles voleter dans le ciel comme des étoiles.

» Les collines étaient remplies d'un silence divin.

---

1. *Shalwar kamiz* : ensemble composé d'une grande chemise et d'un pantalon, que portent aussi bien les hommes que les femmes. Celui des hommes est d'une seule couleur, avec des poches sur le côté et sur la poitrine. Celui des femmes est fait de couleurs différentes, et la forme peut varier d'un modèle à l'autre. Parfois ils sont finement brodés ou garnis de perles.

On n'entendait que le ronflement des bergers. Et, tout à coup, un loup a poussé un hurlement !

Shauzia imita le hurlement du loup. Certains enfants sursautèrent, d'autres éclatèrent de rire, et les femmes de l'atelier broderie non loin de là interrompirent leur conversation.

— Et puis il y a eu un second hurlement, puis encore un autre ! Il y avait toute une meute de loups dans la forêt, qui n'avaient qu'une seule envie, venir me dévorer mes moutons. Je me suis levée et j'ai vu les loups qui s'approchaient tout doucement en se cachant d'arbre en arbre. Ils voulaient manger les moutons, mais ils allaient d'abord devoir s'en prendre à moi. J'en ai compté quatre, puis cinq, six, et même sept loups énormes qui venaient vers moi, les pattes tendues, prêts à bondir. Je me suis penchée vers le feu et j'ai attrapé deux bâtons brûlants. Je les ai brandis devant leurs yeux juste au moment où ils s'apprêtaient à me sauter dessus. Ils étaient affamés et très forts, mais j'étais furieuse qu'ils aient gâché ma nuit si paisible, alors j'ai été plus forte qu'eux. Je leur ai donné des coups de pied et je leur ai agité les bâtons pleins de braise devant leurs yeux, jusqu'à ce qu'ils soient si épuisés qu'ils s'effondrent à mes pieds et s'endorment. Le matin, ils étaient tout penauds, ils sont repartis dans la forêt sans demander leur reste, trop contents que je ne me moque pas d'eux.

— Salut, les enfants ! lança Mme Weera en pénétrant dans l'enceinte de l'Association telle une tornade.

— Chaque fois que tu racontes cette histoire, tu rajoutes un loup de plus, dit-elle en passant comme une trombe dans le baraquement.

Shauzia bondit sur ses pieds et la suivit à l'intérieur.

— Madame Weera, il faut que je vous parle.

— Encore une de nos écoles de filles clandestines découverte par les taliban, racontait Mme Weera à son assistante.

— Madame Weera !

Mais la femme fit mine de ne pas voir Shauzia. Celle-ci sentit le gros corps solide de Jasper à son côté, et cela lui donna de la force.

— Madame Weera, je veux qu'on me paie ! cria-t-elle.

Cela attira l'attention de Mme Weera.

— Tu veux qu'on te paie ? Pour raconter des histoires ? Qui a jamais entendu une chose pareille ?

— Pas pour raconter des histoires.

Mme Weera était déjà en train de s'éloigner sur ses jambes musclées de professeur de gymnastique.

— Madame Weera ! cria Shauzia. J'ai besoin d'être payée !

Mme Weera revint sur ses pas.

— Mais qu'est-ce que c'est que ça ? Tu veux ou tu as besoin ? Je suis bien certaine qu'on veut tous être payés, mais est-ce qu'on en a besoin ? Et est-ce que tu n'es pas réellement payée ? Tu n'as rien à manger, aujourd'hui ? Tu n'as pas un toit sous lequel dormir, cette nuit ?

14

« Cette fois je ne lâcherai pas », se promit Shauzia.

— Je vous ai dit mes projets, quand je suis arrivée ici. Je vous ai dit que j'avais besoin de gagner de l'argent, mais vous m'avez donné tant de choses à faire que je n'ai jamais eu assez de temps pour un vrai travail.

— J'aurais pensé que de vous donner un peu de confort, à vous autres, Afghans, dans un camp de réfugiés, pouvait être considéré à l'égal d'un vrai travail pour une vie entière.

— Une vie entière ! s'exclama Shauzia, horrifiée. Vous imaginez que je vais faire ça toute ma vie ? Je n'ai pas quitté l'Afghanistan pour vivre dans la boue !

Elle désigna d'un grand geste les murs de terre qui constituaient l'enceinte de l'Association des veuves – elle savait bien que de l'autre côté, dans le reste du camp de réfugiés, des murs de terre, il y en avait des dizaine d'autres. Peut-être que le monde entier était fait de murs de terre, à présent, et que jamais elle n'en sortirait.

Mme Weera adressa à Shauzia un regard sévère.

— C'est encore ces lubies sur la France, c'est ça ?

— Ce ne sont pas des lubies.

— Elle s'imagine qu'il lui suffira d'aller au bord de la mer, de sauter sur un bateau en partance pour la France, et que là-bas on l'attendra les bras grands ouverts, expliqua Mme Weera à la foule de plus en plus nombreuse qui s'était amassée pour venir voir ce qui se passait. Ils rirent, et Shauzia se rendit compte que c'était ce qu'elle détestait le plus dans un camp de réfugiés. Elle ne pouvait même pas se disputer avec quelqu'un sans que tout le monde soit au courant.

— Elle veut passer sa vie assise dans un champ de blé ! continuait Mme Weera.

« Un champ de lavande », pensa Shauzia. Mais elle ne crut pas utile de rectifier. « Et je ne veux pas passer ma vie là-bas. Je veux juste y rester assez longtemps pour ne plus entendre le son de votre voix. »

— Pourquoi est-ce que tu ne vas pas te renseigner pour la formation d'infirmière que je t'ai prévue ? En quelques années, tu pourrais travailler comme aide-soignante et gagner ta vie, comme ça. La mer, ça ne mène nulle part. Et la France, pas plus, si tu veux mon avis.

— Quelques années ? Mais je ne peux pas passer des années ici ! Je vais devenir folle ! Comme elle ! dit Shauzia en désignant la femme qui gémissait.

Une femme sans nom, que l'on avait trouvée en train de se balancer et de gémir dans les rues de Peshawar. Des travailleurs sociaux l'avaient amenée à l'Association. Elle continuait à se balancer et à gémir, mais, comme disait Mme Weera, « au moins elle est en sécurité, ici, pas embêtée par les gamins des rues qui lui donnent des coups ».

— Taisez-vous ! cria Shauzia à la femme, incapable d'entendre ses gémissements plus longtemps. La femme ne réagit pas.

— Parle sur un autre ton, dit Mme Weera sèchement. Prends exemple sur ton amie Parvana. Elle parle toujours aux gens avec le plus grand respect.

« Parvana ne t'appréciait pas plus que moi », pensa Shauzia. Mais une fois de plus elle se tut. Mme Weera, se rendit-elle compte, avait le don de n'entendre que ce qu'elle voulait entendre.

— Si vous ne pouvez pas me payer pour ce que je fais ici, je vais devoir partir et trouver un travail qui me rapportera de l'argent.

La voix de Mme Weera s'adoucit.

— Tu n'imagines pas ce à quoi ça ressemble, en dehors du camp. Tu as toujours été prise en charge. Tu ne sauras pas te débrouiller toute seule.

— Comment ça, j'ai toujours été prise en charge ? C'est toujours moi qui me suis prise en charge toute seule ! Et certainement pas ma famille.

Shauzia eut comme une vision pénible : elle se revoyait rentrant après une journée de travail dans les rues de Kaboul dans une petite pièce sombre et encombrée, où des gens lui demandaient : « Combien tu as gagné ? » au lieu de « Comment vas-tu ? »

— Ta famille, malgré tous ses défauts, t'attendait quand même tous les soirs à la maison. Tu gagnais de l'argent pour leur acheter de quoi manger, mais eux ils te faisaient la cuisine et te donnaient un endroit où dormir chaque nuit. Quand tu vivais dans les montagnes, les bergers veillaient sur toi, et ici, nous tous, à l'Association des veuves, nous veillons sur toi.

— Quoi ? Vous ne me donnez même pas de quoi

me chausser correctement comme vous me l'avez promis. Tout ce que vous faites, c'est me donner des ordres. Pourquoi est-ce que vous n'allez pas plutôt donner des ordres aux taliban ?

— Shauzia, tu arrêtes immédiatement. Tu n'as plus l'âge de te conduire comme une gamine.

— Alors, arrêtez de me traiter comme une gamine ! Arrêtez de me traiter comme si j'étais l'un des leurs !

Shauzia fit un geste en direction du groupe de jeunes enfants qui se régalaient à suivre la dispute. Elle les soupçonna de trouver cela bien plus amusant que ses histoires de loup.

Mme Weera respira longuement, profondément.

— Tu veux que je te traite comme une adulte ? dit-elle d'un ton calme. Très bien. Alors si tu es une adulte, tu choisis. Soit tu décides de rester ici, et tu arrêtes de te plaindre. Tu donnes de ton temps et de tes compétences du mieux que tu peux, sans compter sur quelque argent que ce soit, car tu comprendras vite qu'il n'y en a pas. Soit tu décides que cette vie n'est pas faite pour toi, et tu connais la sortie. Nous avons suffisamment de problèmes à aider ceux qui veulent bien de notre aide. Prends deux ou trois jours pour réfléchir, et dis-moi ce que tu auras décidé.

Shauzia, abasourdie, ne pipa mot. Elle regarda Mme Weera droit dans les yeux, d'un regard dur, et Mme Weera lui rendit son regard.

— Je n'ai pas besoin de deux ou trois jours, dit

Shauzia froidement, espérant paraître plus courageuse qu'elle ne se sentait. Je pars demain, et je trouverai un bon travail et je deviendrai riche, et j'irai en France, et je ne remettrai plus jamais les pieds ici !

— Parfait, dit Mme Weera d'un ton calme. Nous organiserons une petite fête d'adieu pour toi demain soir.

Et elle sortit de la pièce.

2

Il n'y avait aucun moyen d'échapper aux ronflements de Mme Weera, mais à présent Shauzia savait mieux s'y prendre. Elle avait pris l'habitude de se mettre un coussin sur les oreilles, ou de se tourner de l'autre côté et de pousser de profonds soupirs, avec l'espoir que cela réveillerait Mme Weera, mais cette fois, rien n'y fit. Mme Weera ronflait, comme à son habitude, sans se soucier de se demander si elle dérangeait les gens autour d'elle ou non.

Il arrivait que Shauzia aille dormir dans une autre baraque, mais celle de Mme Weera lui offrait une chose unique : un peu d'intimité. Shauzia dormait sur un *toshak*[1] étendu sous la table. Une couverture par-dessus en forme de tente lui faisait un petit espace à elle.

---

1. Matelas posé à même le sol.

— Ça ne fait pas disparaître le ronflement, dit-elle à Jasper, qui en général dormait à côté d'elle. Mais au moins j'ai l'impression qu'il y a dans le monde un endroit qui est à moi.

Shauzia resta éveillée dans sa petite chambre jusque tard dans la nuit. Le lendemain, les choses allèrent de mal en pis.

Lors de la fête donnée pour son départ, tout le monde était assis dans la cour pour manger autour du brasero. Mme Weera prononça un petit discours où elle félicita Shauzia pour le dur travail qu'elle avait effectué.

— Je sais que Shauzia réussira dans ses projets d'aller jusqu'à la mer et de se construire une nouvelle et belle vie en France.

Elle poursuivit sur le thème de la beauté de la France, et comment elle était bien certaine que Shauzia aurait plaisir à faire de magnifiques promenades dans les champs de blé.

Durant tout son discours, Shauzia avait les poings serrés de colère.

Quand ce fut terminé, les autres femmes dirent à leur tour des choses gentilles sur Shauzia – combien elle était serviable, intelligente, combien elles savaient qu'elle avait devant elle un brillant avenir.

Puis les enfants firent entendre leur petite voix aiguë.

— Ne pars pas, Shauzia ! criaient-ils en sanglotant et en s'accrochant à elle. Reste ici pour nous raconter des histoires !

Shauzia était folle de rage. Elle savait que Mme Weera avait mis en scène cette fête pour la faire rester dans le camp de réfugiés.

Puis Mme Weera reprit la parole :

— J'ai de bonnes nouvelles, Shauzia. Je t'ai trouvé un travail à Peshawar. Tu seras femme de ménage dans un centre associatif de jour qui propose de la couture aux femmes. Tu pourras vivre dans le centre et ton travail te rapportera assez pour que tu fasses des économies une fois ton loyer et tes repas payés. C'est formidable, non ? En plus, je pourrai venir te voir toutes les semaines quand je passerai là-bas. Je t'y emmènerai demain et je t'aiderai à t'installer.

Les autres femmes applaudirent et s'exclamèrent sur la chance qu'avait Shauzia – mais celle-ci bouillait de rage.

Le soir encore, sur sa couche, elle ne décolérait pas, sans compter le ronflement de Mme Weera qui remplissait la pièce.

— Elle s'imagine pouvoir tout contrôler, chuchota-t-elle à Jasper. Elle s'imagine qu'elle peut contrôler ma vie.

Il lui revint en mémoire son arrivée à l'Association. Elle avait parcouru tout le camp après qu'un berger l'avait laissée là et qu'elle avait été orientée dans le dédale des rues par un employé d'une association humanitaire.

Dès qu'elle avait mis le pied dans l'enceinte de l'Association et vu Mme Weera, elle avait voulu faire marche arrière, mais il était trop tard.

— Mais je te connais ! s'était exclamée Mme Weera de sa grosse voix de ténor.

Tout le monde avait interrompu son activité et regardé Shauzia.

— Tu es l'amie de Parvana.

Mme Weera avait été professeur d'éducation physique et entraîneur de hockey avant que les taliban ne ferment toutes les écoles aux filles et n'obligent les enseignantes à démissionner. Durant quelque temps elle avait vécu dans la famille de Parvana à Kaboul. Shauzia se souvenait comme elle était autoritaire, à l'époque, et ne fut pas surprise de voir qu'elle n'avait pas changé.

Mme Weera avait parcouru la cour à longues enjambées. Elle s'était postée devant Shauzia – une fille maigrelette dont le visage portait les traces de mois entiers passés dehors dans le vent et le soleil, avec des vêtements crasseux et en lambeaux, mais la nuque et la tête bien droites.

— Tu pues le mouton, avait dit Mme Weera. Mais on peut arranger ça. Et je vois que tu es toujours fagotée en garçon. On peut s'en occuper aussi.

Elle avait braillé un ordre pour qu'on lui apporte de l'eau chaude et des habits de fille.

— Je préfère continuer à avoir l'air d'un garçon, avait dit Shauzia. Si j'ai l'air d'une fille, je ne pourrai rien faire.

— N'importe quoi, avait rétorqué Mme Weera. Shauzia allait entendre ce mot des dizaines de fois.

Ici, ce ne sont pas les taliban qui décident. C'est moi. Oh ! tu as un chien, aussi.

Elle s'était penchée vers Jasper et l'avait scruté du regard. L'animal avait reculé prudemment de deux pas.

— Un chien qui se comporte comme il faut ici, tel avait été son verdict.

Elle avait tourné les talons, et Shauzia s'était autorisé un petit sourire de soulagement. Apparemment Mme Weera avait oublié combien elle était en colère contre elle la dernière fois qu'elles s'étaient vues à Kaboul.

Le sourire était prématuré.

— Tu as quitté Kaboul sans penser comment ta famille pourrait survivre sans toi.

— Ils ne m'aimaient pas ! avait crié Shauzia. Ils hurlaient à longueur de journée, et ils voulaient me marier à un vieux que je ne connaissais même pas, juste pour se faire de l'argent. Je n'existais pas, pour eux !

— On n'abandonne pas l'équipe uniquement parce que le match ne se déroule pas comme on le souhaiterait, avait répliqué Mme Weera. Et maintenant, avant de t'installer, j'ai un petit travail pour toi.

Shauzia les connaissait, les petits travaux de Mme Weera.

— Plus question de ça, avait-elle dit à Jasper. Et je ne serai pas non plus sa bonne. Je n'ai pas besoin d'un toit pour dormir. J'ai dormi dehors avec les bergers. Je peux dormir dehors dans la ville. Comme ça tout l'argent que je gagnerai pourra servir pour mon voyage.

Elle avait glissé la main sous son coussin, là où elle gardait son trésor – une photo de magazine d'un champ de lavande en France. Dans le noir elle ne pouvait pas voir l'image, mais de l'avoir dans ses mains lui faisait du bien.

C'était là qu'elle devait aller, dans un champ de fleurs violettes, où personne ne viendrait l'embêter. Elle resterait assise là jusqu'à ce qu'elle retrouve ses esprits et que la puanteur du camp ne lui revienne plus aux narines. Quand elle en aurait son content, elle irait à Paris et s'assoirait en haut de la tour Eiffel jusqu'à ce que son amie Parvana vienne la rejoindre, comme elles se l'étaient promis. Elles passeraient le reste de leurs journées à boire du thé, à manger des oranges et à faire des blagues sur Mme Weera.

Elle se redressa sur les coudes.

— Partons maintenant, dit-elle à Jasper.

Il secoua la queue, c'était la seule marque d'encouragement dont elle avait besoin.

Elle se leva et tâtonna dans un coin de la pièce à la recherche du ballot qui contenait ses vêtements de garçon. Elle s'en revêtit. Puis elle attrapa une pleine mèche de cheveux et, à l'aide de la paire de ciseaux qui traînait sur la table, elle les coupa dans tous les sens jusqu'à les avoir à nouveau très courts. Elle mit son bonnet, enroula la couverture autour de son cou et prit son sac sur son dos. C'était tout ce qu'elle possédait.

Elle résista à l'envie de glisser un « Au revoir » à l'oreille de Mme Weera et sortit sans faire de bruit avec Jasper sur ses talons.

Ils passèrent devant la baraque de l'atelier de broderie, puis devant celle qui servait aux cours d'alphabétisation. On y faisait dormir aussi certaines familles.

Shauzia pénétra dans le dépôt où l'on stockait la nourriture. Il ne contenait pas grand-chose mais elle prit ce qui restait de *nan* du repas du jour et versa un peu de riz froid dans un chiffon. Elle mit le tout, ainsi qu'une petite bouteille en plastique pour l'eau, dans son ballot.

De retour dans la cour, elle jeta un dernier regard aux baraques de l'Association. Tout était calme, hormis les ronflements de Mme Weera, et les pleurs d'une femme qu'on entendait plus loin, au-delà des baraquements.

Elle n'avait aucune raison de s'attarder. Le camp était plongé dans l'obscurité. Shauzia se mit à regretter sa décision de partir en pleine nuit. Mais, avant de changer d'avis, elle tourna les talons et elle passa la porte d'entrée, poursuivant son voyage vers la mer.

3

Shauzia entendit un gros coup de klaxon derrière elle. Elle sauta sur le bas-côté de la route et un énorme camion la frôla dans un vacarme assourdissant. Les gaz d'échappement la firent tousser.

Jasper se collait à ses jambes, si près que cela finissait par la gêner pour marcher. Elle le sentait trembler.

— Tout va bien, Jasper, dit-elle en le tapotant de la main, mais elle-même se sentait toute frissonnante.

Il faisait nuit quand ils avaient quitté le camp et ils n'avaient cessé de marcher jusqu'à l'aube. À présent, il faisait grand jour et plus ils approchaient de la ville, Peshawar, plus la circulation s'intensifiait.

La grande route était embouteillée par toutes sortes de véhicules. Il y avait des autobus si bondés que des hommes se tenaient agrippés à l'extérieur, et de petits tricycles qui avaient l'air de jouets et passaient en trombe à travers les autres véhicules. Ils étaient tous peints de couleurs vives, variées, avec plein de dessins. Il y avait des camionnettes blanches, des taxis, des voitures. Shauzia avait l'impression que tout le monde klaxonnait en même temps.

Ils disputaient la chaussée à des motos sur lesquelles s'étaient entassées des familles entières, et des bicyclettes surchargées de ballots. Il y avait des charrettes tirées par des chevaux, des ânes, des buffles et même un chameau. Shauzia regarda un vieil homme qui pédalait de toutes ses forces sur un vélo encombré de pièces de bois. La bicyclette chancelait et zigzaguait, et elle fut presque renversée par un bus qui la dépassa.

C'en était trop. Shauzia entraîna Jasper vers un coin à l'ombre sous un arbre. Ils s'assirent et reprirent leur souffle en regardant défiler les véhicules à toute vitesse.

— On a peut-être fait une erreur en venant ici, dit Shauzia. Je ne pensais pas que ce serait si bruyant. Je ne pensais pas que ce serait... une telle pagaille.

Elle gratta l'une des oreilles de Jasper, plus pour se réconforter elle que lui.

— On aurait peut-être dû rester avec les moutons, ajouta-t-elle. Au moins l'air était respirable, et il ne faisait pas si chaud. Et puis, la mer est si loin encore. Et si on n'y arrivait jamais ?

Jasper poussa sa main de sorte qu'elle continue à le gratter.

— Tu crois qu'on va réussir ? lui demanda-t-elle.
Il secoua la queue et lui lécha le visage.

Shauzia tira de sa poche la photo du champ de lavande et la regarda pour la millionième fois au moins.

— C'est là que je vais, dit-elle, plus pour elle-même que pour Jasper. Et pour y arriver, il faut d'abord que je vienne ici.

Elle remit la photo dans sa poche, se leva et prit une profonde respiration – un air chargé de gaz d'échappement.

— Allez, on y va, dit-elle à Jasper. Puis elle eut un large sourire. Je ferai celle qui est un guerrier puissant, comme ce Gengis Khân qui a conquis l'Afghanistan. J'envahirai cette petite ville de rien du tout. Rien ne me résistera !

Elle reprit le chemin de la route d'un air crâne, bombant le torse, eut droit à un nouveau coup de klaxon et reprit son chemin sur le bas-côté de la route. Elle quitta son personnage de Gengis Khân et redevint la Shauzia qu'elle était – mais au moins était-elle de nouveau en marche.

— Je me souviens des camions et des voitures de Kaboul, dit-elle à Jasper tout en lui gardant la main posée sur la tête pour le rassurer. Il continuait à trembler de tous ses membres. Tout ce que tu connais, toi, ce sont les moutons. N'aie pas peur. Tu t'y feras.

Jasper n'en était pas sûr. Il faisait un bond de côté à chaque coup de klaxon. Shauzia avait peur qu'il ne soit saisi de panique et ne se précipite entre les voitu-

31

res au lieu de les éviter. Elle aperçut un morceau de corde bleue par terre, s'en empara et attacha un bout au cou de Jasper, s'en servant comme d'une laisse.

— C'est pour ton bien, dit-elle. Jusqu'à ce que tu n'aies plus peur, c'est tout.

Jasper donna deux coups de griffe à la corde. Puis il lécha le cou de Shauzia et ils reprirent leur marche.

— Il y a des milliers d'Afghans, ici, on dirait Kaboul, dit-elle. Le marché lui-même ressemblait à celui de Kaboul, avec sur les étals des monticules de fruits, hauts de plusieurs mètres et des chèvres pelées attachées à des crochets. À grands gestes de papier journal, les bouchers faisaient déguerpir les mouches.

Deux choses étaient différentes, tout de même. D'abord, si l'on voyait des femmes porter la *burqa*, d'autres montraient leur visage, et personne ne leur donnait de coups pour ça.

Ensuite, tous les immeubles étaient intacts. Nulle bombe n'était tombée dessus. Shauzia avait vécu dans des décombres toute sa vie. Cela faisait bizarre de n'en voir aucun.

— Il doit y avoir des tas de moyens de gagner de l'argent, ici.

Shauzia se disait que Jasper ne pouvait pas entendre grand-chose de ce qu'elle disait, avec le bruit de la foule, mais elle lui parlait tout de même, histoire d'avoir quelqu'un à qui adresser la parole.

Autour d'elle, des garçons de son âge et d'autres plus jeunes travaillaient. Elle en vit qui s'affairaient dans des garages de fortune, certains qui martelaient du métal dans une échoppe de maréchal-ferrant, d'autres encore qui vendaient des oranges sur une charrette ou livraient du thé sur un plateau. Elle en vit accrochés aux parois des autobus. Ils descendaient d'un bond et incitaient les clients à monter, prenaient leur argent, puis regagnaient leur place sur la paroi grillagée tandis que le bus redémarrait. Elle passa devant un chantier et vit des petits garçons couverts de poussière qui conduisaient des ânes chargés de briques.

Autour d'elle, elle entendait toutes les langues possibles. Elle reconnut celles qu'on parlait en Afghanistan – le pachtou, le dari, l'ouzbek – ainsi que d'autres, dont elle se dit que ce devait être les langues du Pakistan.

La foule devenait de plus en plus pressante, et Shauzia agrippa plus fort la laisse de Jasper.

Une rivière à l'eau putride, au débit lent, séparait le marché en deux. Shauzia vit des boutiques qui proposaient des bijoux et des objets emballés dans des boîtes. Elle en vit une autre qui ne vendait que des *burqas*, alignées et suspendues le long du mur, comme des fantômes bleus. Partout des gens vendaient des marchandises de toutes sortes sur des chariots et des *karachis*[1].

Shauzia fit le tour du marché et avisa toutes les boutiques, essayant de s'imaginer en train de tra-

---

1. Charrettes à bras.

vailler là. Quand elle fut trop épuisée pour faire un pas de plus, elle se trouva une place à même le sol à l'ombre d'un immeuble, et s'appuya contre le mur. Jasper s'assit à son côté. Elle sortit sa bouteille en plastique, but un peu d'eau, et en versa dans sa main pour Jasper. Ils se partagèrent un morceau de pain qu'elle avait emporté du camp. Puis ils se désaltérèrent à nouveau, pour faire passer le pain.

Cela faisait du bien de boire et de manger. Shauzia se sentait exténuée. Elle ferma les yeux pour se remettre un peu.

— C'est ma place.

Shauzia ouvrit les yeux. Devant elle, debout, se tenait une femme recouverte d'une *burqa*.

— C'est ma place, répéta la femme. Je viens ici tous les jours.

— Je suis assise, c'est tout, dit Shauzia.

— Va t'asseoir ailleurs.

Trop fatigués pour discuter, Shauzia et Jasper se relevèrent.

La femme s'installa à leur place.

— Aidez-moi, dit-elle d'un ton suppliant à un passant qui ne lui adressa pas un coup d'œil. Juste une ou deux roupies, supplia-t-elle à nouveau.

— Vous gagnez beaucoup, comme ça ? demanda Shauzia.

— À peu près dix roupies par jour.

— Ça fait beaucoup ?

— Ça n'empêche pas mes enfants d'avoir faim.

— Peut-être que si vous enleviez votre *burqa*,

les gens pourraient voir qui vous êtes..., suggéra Shauzia.

— Je me couvre le visage pour mendier, rétorqua la femme d'un ton aigre, comme ça personne ne voit à quel point j'ai honte. J'étais chef de bureau en Afghanistan. Je suis diplômée de l'université. Et maintenant, regarde ce que je suis devenue ! Non, ne regarde pas ! Va-t'en !

Shauzia resta là quelques instants, gênée d'avoir froissé la femme, et furieuse que celle-ci l'ait fait se lever alors qu'elle se sentait si bien assise. Finalement, ne sachant comment se comporter entre sa gêne et sa colère, elle s'éloigna, et Jasper la suivit.

La femme lui avait fait peur. Si quelqu'un qui a suivi des études en était réduit à mendier, que pouvait-elle espérer ?

Elle s'agenouilla à côté de Jasper et fit semblant de s'affairer autour de sa laisse. Elle ne levait pas la tête, de peur qu'on ne la voie pleurer.

— Je n'aime pas cet endroit, murmura-t-elle.

Jasper lui lécha ses larmes. Shauzia le tint serré contre elle, enlacé. Puis elle se redressa et reprit sa marche.

Il y avait des dizaines de mendiants dans le marché. Des femmes, couvertes ou non, des malades, vêtus de haillons. Des enfants de son âge. La foule passait devant eux, ils leur tendaient la main, comme invisibles.

— Les gens à qui ils mendient ont l'air aussi pauvres qu'eux, dit Shauzia.

Elle repartit dans l'autre sens. Ce spectacle était affreux à regarder. Ils parcoururent les allées entre les étals.

« Il faut que je demande du travail », se dit-elle, mais chaque fois qu'elle s'approchait d'un marchand, elle se sentait intimidée.

« Tu peux sûrement te débrouiller toute seule », avait dit Mme Weera. Shauzia se souvint comment tout le monde avait éclaté de rire.

Elle prit une profonde respiration et se dirigea vers la boutique la plus proche, une librairie.

— Donnez-moi du travail ! implora-t-elle l'homme qui se tenait derrière l'étal de livres.

Elle ne dut pas attendre longtemps avant d'être mise à la porte, de même pour les quatre autres boutiques auxquelles elle s'adressa.

Le jour baissait. Le marché restait ouvert malgré l'obscurité, mais les ampoules nues suspendues çà et là à des poteaux et des pylônes dessinaient d'inquiétantes ombres dans les rues. Shauzia et Jasper se glissaient dans les passages qui séparaient les boutiques. D'après l'odeur, les fruits pourris et d'autres ordures y étaient légion, mais au moins se trouvaient-ils loin de la foule des gens, des voitures et des ombres.

Elle s'appuya contre le mur ; les ronflements de Mme Weera lui manquaient ; elle s'endormit assise.

Shauzia se réveilla à l'aube. Il faisait gris. Sa tête reposait sur un tas d'ordures en putréfaction. Jasper était déjà réveillé. Il mâchonnait quelque chose qu'il avait trouvé dans les poubelles.

Elle se leva et ils se dirigèrent vers un robinet d'eau qu'elle avait repéré sur le marché. Elle s'en aspergea le visage, puis Jasper et elle se désaltérèrent longuement. L'eau leur remplissait l'estomac, au moins pour un temps.

Elle passa la journée à chercher du travail. De nombreux commerçants lui répondirent qu'elle était trop sale pour travailler chez eux. D'autres n'avaient besoin de personne.

Le soleil était déjà bien bas quand elle passa devant la vitrine d'un boucher, presque remplie de viande, poussiéreuse et couverte de sang séché.

— Votre boutique a besoin d'un bon coup de balai, dit-elle au boucher qui était assis sur une chaise juste derrière la porte d'entrée, une tasse de thé à la main. Je pourrais la nettoyer.

Le boucher avala une gorgée de thé, la regarda de haut en bas et dit :

— C'est un travail d'homme. Pas d'un petit garçon. Fiche le camp de là.

Shauzia ne bougea pas d'un pouce.

— Je peux nettoyer votre boutique, répéta-t-elle.

Elle mit les mains sur ses hanches et le regarda droit dans les yeux. Elle avait faim, elle était fatiguée et pas d'humeur à plaisanter.

L'homme reprit une gorgée de thé et le garda un instant dans la bouche avant de l'avaler.

— C'est un gentil chien, dit-il enfin en désignant Jasper. Il a l'air d'avoir faim.

« Évidemment, pensa Shauzia. Et il n'est pas le seul. »

— Attends.

Le boucher disparut au fond de la boutique et revint avec des pièces de viande dans un morceau de papier journal.

— C'est de la bonne viande, dit-il en frottant l'oreille de Jasper tandis que celui-ci engloutissait la viande. De la bonne viande pour un bon chien.

Il se redressa.

— Viens demain matin tôt. Je te donne une demi-journée pour nettoyer le magasin. Si tu travailles bien, je te paie. Sinon, tu dégages.

Il disparut un instant avant de revenir à nouveau.

— Tu peux venir avec ton chien, ajouta-t-il avant de disparaître pour de bon.

— Merci, cria Shauzia. Elle s'agenouilla et prit Jasper dans ses bras.

— J'ai du travail ! Elle avait envie de chanter.

Il fallait qu'elle trouve quelque chose à manger. Dès que Jasper eut fini sa viande, ils se rendirent à la boulangerie qui allait fermer.

— Si vous voulez bien me donner un morceau de pain maintenant, je pourrai vous payer demain, dit-elle. Demain matin je vais travailler.

Le boulanger prit un *nan* sur une pile et le tendit à Shauzia. Elle ne s'attendait pas à cela, et il atterrit par terre. Elle s'en empara vivement.

— Combien je vous devrai, demain ?

— C'est bon, mendiant. Je t'ai donné de quoi manger, alors va-t'en.

Shauzia sentit la honte lui monter au visage. Elle n'était pas un mendiant.

Elle fut sur le point de répliquer quelque chose, mais changea d'avis. Elle pouvait avoir encore besoin de pain gratuit.

Elle partagea le *nan* avec Jasper. Puis ils se désaltérèrent tous deux au robinet. C'était bon, cette nourriture qui remplissait le ventre.

La place du marché était calme. Tous les étals étaient fermés. Shauzia vit des gens qui dormaient à l'ombre et dans les entrées des immeubles.

Jasper et elle repartirent en direction de la boucherie. Elle était fermée, elle aussi. Ils s'installèrent devant l'entrée.

— Comme ça, je suis sûre d'être à l'heure pour travailler demain, dit-elle.

Il y avait une drôle d'odeur, mais Shauzia était si fatiguée qu'elle s'endormit aussitôt.

4

Ce fut le bruit de la grille de la boucherie que le boucher ouvrait qui réveilla Shauzia.

— Ton chien va avoir trop chaud, s'il reste dehors, dit-il. Fais-le entrer et emmène-le dans l'arrière-boutique. Il y a une casserole sur l'étagère, donne-lui à boire.

Shauzia et Jasper suivirent le boucher qui les conduisit à une petite cour en ciment derrière le magasin. Il y avait juste assez de place pour que Jasper s'installe à l'ombre de l'auvent de la boutique.

Shauzia dénicha la casserole, la remplit d'eau et la tendit à Jasper.

— Attends-moi ici, dit-elle. Si je travaille bien, peut-être qu'il me donnera plus de viande pour toi, ou au moins deux ou trois os que tu pourras ronger.

— Nettoie le magasin, dit le boucher. Il lui indi-

41

qua où se trouvaient le seau, les brosses et les produits d'entretien. Je vais aller prendre mon petit déjeuner dehors. Je reviens dans pas longtemps pour voir ce que tu auras fait.

Shauzia se mit au travail. Elle était rapide ; elle nettoya les étagères vides et les plateaux qui servaient à livrer la viande. Le sang séché ne l'incommodait pas. Bergère, elle avait eu à ramasser les excréments de mouton et à en faire du lisier qui était utilisé comme combustible quand ils ne trouvaient pas de bois.

C'était un travail pénible. Le sang séché n'était rien, à côté.

Si le boucher était content de son travail, peut-être qu'il aurait d'autres tâches à lui confier.

Le produit détergent sentait fort mais il avait une bonne odeur.

Shauzia eut une idée.

Elle prit le seau et l'emporta dans la petite cour, se déshabilla, se lava à l'eau savonneuse qui sentait le propre, puis fit rapidement une lessive.

— Je sais que j'ai l'air rigolo, dit-elle à Jasper tandis qu'elle remettait sa chemise qu'elle avait essorée mais qui était encore mouillée. Ça va sécher, et au moins, comme ça, je suis propre et les gens peuvent m'embaucher.

Elle retourna à ses balais.

— Tu t'es un peu éclaboussée, à ce que je vois, dit le boucher quand il revint de son petit déjeuner.

Il approuva d'un signe de tête le travail effectué et

lui versa une tasse de thé de la bouteille Thermos qu'il avait remplie chez le marchand de thé.

— Prends un peu de pain, proposa-t-il en lui indiquant une petite pile de *nans* enveloppés dans du papier journal.

Shauzia en rompit un en deux et tendit une moitié à Jasper qui l'engloutit aussitôt, puis flaira le sol pour voir s'il y en avait d'autre.

— Plus tard, peut-être, dit-elle et il battit de la queue.

Le temps qu'elle finisse son ménage, ses vêtements avaient presque séché dans la chaleur du matin.

— Vous auriez autre chose à me faire faire, aujourd'hui ? demanda-t-elle.

— Aujourd'hui, non. Je suis fermé, aujourd'hui, et je n'aurai ni livraison ni client. Tu travailles dur. Peut-être que de temps à autre j'aurai quelque chose pour toi. J'ai dit peut-être, ajouta-t-il quand il vit le visage de Shauzia qui s'éclairait. Va chercher ton chien, que je te paie.

Shauzia alla reprendre Jasper.

Le boucher détacha un billet de dix roupies d'une liasse qu'il tira de sa poche. Il hésita un moment, puis ajouta un second billet.

— Prends le reste du pain, dit-il.

— Regarde, s'adressa-t-elle à Jasper, trois *nans*. On va manger comme des rois, aujourd'hui, et il nous en restera pour demain. De quoi manger, de l'argent, des vêtements propres, alors qu'on vient seulement d'arriver dans la ville ! Ça va être facile comme tout.

Mais ce jour-là la chance ne fut plus de son côté ; ni le jour suivant. Le lendemain, ses sandales rendirent l'âme. Elle les rafistola à l'aide d'un bout de cordelette qu'elle trouva par terre mais la réparation ne tint qu'une demi-journée. Ce n'était pas seulement les lanières qui étaient mortes. Elle avait usé les semelles jusqu'au bout.

— Je ne peux pas continuer comme ça, dit-elle en regardant ses pieds ensanglantés.

Ils restèrent assis un bon moment sur le bas-côté de la rue pour réfléchir à une solution.

Dans le courant de l'après-midi, un vendeur ambulant avec un *karachi* rempli de sandales en caoutchouc passa lentement devant elle.

— C'est exactement ce qu'il me faut ! Shauzia cria pour faire s'arrêter le vendeur et marcha en boitillant jusqu'à lui, le pavé lui brûlant la plante des pieds.

— C'est combien la paire de sandales ? demanda-t-elle.

Le vendeur lui dit un prix : c'était plus que ce que Shauzia avait en poche.

— Je n'ai pas assez. Elle eut envie de pleurer. Ses pieds nus lui brûlaient. Elle devait sautiller d'une jambe sur l'autre.

Le vendeur la considéra durant quelques secondes, puis alla fouiller au fond de sa charrette. Il finit par lui tendre plusieurs sandales dépareillées.

— Essaie ça, proposa-t-il.

Enfin, Shauzia en trouva une qui allait à chaque pied. Une marron et une verte.

— Pourquoi est-ce que vous avez toutes ces sandales uniques ? demanda-t-elle.

— Les gens qui n'ont plus qu'une seule jambe ont besoin de se chausser, eux aussi, répondit-il.

— Combien pour celles-là ?

— Combien tu as ?

Shauzia lui montra toute sa fortune.

— Ça ira, dit-il, et il empocha l'argent.

À présent, elle avait des sandales aux pieds mais plus un sou en poche.

— Tout ça, c'est de la faute de Mme Weera, dit-elle à Jasper tandis que le vendeur s'éloignait avec sa charrette. Si elle m'avait procuré des chaussures neuves comme elle était censée le faire…

Shauzia ne finit pas sa phrase. Se mettre en colère contre Mme Weera lui parut tout à coup une perte de temps. Il n'y avait jamais assez d'argent à l'Association pour payer ce genre de choses.

— Qu'est-ce que je vais faire de ça ? demanda-t-elle à Jasper en montrant ses vieilles sandales éclatées.

Elle décida de les laisser dans la rue. Elle s'apprêtait à le faire, mais elle n'avait pas avancé de trois pas qu'un jeune homme surgit devant elle et les saisit d'un geste.

Peut-être aurait-elle dû les garder, après tout.

Shauzia dormait chaque nuit à un endroit différent depuis son arrivée à Peshawar. La ville n'était jamais tranquille, la nuit. On entendait sans cesse les tirs d'arme à feu, les cris des disputes et le grondement des camions. On entendait des bruits qui pouvaient être des pleurs tout autant que des rires. Parfois on avait du mal à faire la différence.

Quand les gens passaient à côté d'elle, ils faisaient comme s'ils ne la voyaient pas, ou au contraire la regardaient droit dans les yeux. Parfois ils lui lançaient des ordures dessus. Elle se disait que c'était parce qu'ils ne la remarquaient pas. Mais plus cela se produisait, plus elle avait du mal à y croire.

Un jour, alors qu'elle et Jasper étaient à Peshawar depuis plus d'une semaine, Shauzia trouva un coin parfait pour dormir, entre deux immeubles, à l'arrière d'une rue tranquille. C'était une sorte d'abri assez grand pour elle et Jasper.

— Ça va nous faire une maison drôlement chouette, dit-elle à Jasper.

Dans une benne à ordures non loin de là elle trouva une vieille boîte en carton.

Elle la déchira et couvrit le sol avec les morceaux. Elle s'assit dessus pour tester son installation.

— C'est nous qui dormirons le mieux de toute la ville, annonça-t-elle à Jasper qui la rejoignit sur leur lit en agitant la queue.

Shauzia reprit sa recherche de travail. Les tâches qu'on lui confia furent des plus variées. Certaines duraient quelques jours, d'autres quelques heures seulement. Au marché aux vêtements, avec ses cascades de tissus suspendus dans les allées comme une forêt multicolore, elle aida à décharger des cargaisons d'habits et remplit des pots entiers de boutons.

Elle travailla encore pour le boucher, à nettoyer sa boutique, et une autre fois pour disposer des têtes de mouton dehors sur la table. Il lui donna un gros os pour Jasper, ce soir-là. Et il la recommanda à son ami épicier qui la fit travailler une journée pour le ménage.

Partout où elle allait, elle voyait des groupes de jeunes enfants qui tiraient derrière eux des sacs en plastique bleu dans lesquels ils ramassaient ce qu'ils trouvaient dans les poubelles.

— J'en ferai autant, s'il le faut, dit-elle à Jasper, mais je ne vois pas comment je peux gagner beaucoup d'argent de cette façon-là.

Elle fut embauchée quelques jours comme serveur de thé quand le serveur habituel était malade. Elle avait effectué ce travail à Kaboul : il s'agissait de livrer des plateaux de thé à des commerçants qui n'avaient pas la possibilité de quitter leur échoppe pour faire une pause. C'était un travail où elle se débrouillait très bien, elle savait courir dans les allées étroites du marché sans renverser une goutte de thé. Partout où elle allait, elle demandait s'il n'y avait pas du travail pour elle. On la paya pour passer le balai dans un magasin de meubles.

Un jour, au lieu de chercher du travail, elle se rendit à la gare de chemin de fer.

— Est-ce qu'un de ces trains va au bord de la mer ? demanda-t-elle à l'employé.

— Tu veux aller à Karachi, dit l'homme.

— Karachi, répéta Shauzia. Comme une charrette. C'est cher ?

— Un aller-retour ?

— Aller simple.

L'employé lui indiqua le prix. C'était une grosse somme, bien plus que ce qu'elle avait économisé. Elle le remercia et sortit. Elle était presque dans la rue quand des gens qui partaient en voyage lui donnèrent quelques roupies pour qu'elle les aide à porter leurs bagages.

Du coup, les jours où elle n'avait rien trouvé d'autre, elle se rendait à la gare et faisait le porteur moyennant pourboire. Elle ne pouvait pas y aller souvent. Il y avait des porteurs salariés qui la chassaient quand ils la voyaient.

Et puis c'était dur. C'était dur d'être dans la gare, de regarder les autres monter dans les trains.

Quand son tour viendrait-il ?

— Je me fais moins payer que les porteurs, dit-elle à Jasper un soir. Un jour, quelqu'un se fera payer encore moins que moi et je ne pourrai plus trouver de travail ici. Le problème, c'est qu'on est très nombreux. Il y a beaucoup d'Afghans, ici, et on a tous besoin d'argent.

Chaque soir elle ajoutait quelques roupies de plus à la pochette qu'elle tenait accrochée autour de son cou. Chaque nuit la mer était un petit peu plus proche.

Un jour elle se vit dans la vitrine d'un magasin. Ses cheveux avaient poussé. Bientôt elle allait de nouveau avoir l'air d'une fille.

Elle se rendit chez l'un des barbiers qui disposaient leur boutique le long du trottoir. Elle s'assit sur un morceau de carton qu'il avait posé là pour que les clients soient mieux installés. À côté de lui, dans une petite boîte, il avait ses ciseaux, ses brosses et ses rasoirs, et un petit miroir où les gens pouvaient suivre ce qu'il faisait quand il s'occupait d'eux.

— Je voudrais me faire raser la tête, lui dit Shauzia, et ils se mirent d'accord sur un prix. Ainsi elle n'aurait plus besoin de s'en occuper avant longtemps.

Tandis qu'il s'activait, le barbier faisait des plaisanteries : et pourquoi ne pas raser Jasper aussi, hein ? Ça n'était pas du plus haut comique, mais cela aida Shauzia à supporter l'idée qu'elle était en train de perdre tous ses cheveux.

Elle s'arrangea ensuite pour éviter de se voir dans une glace, mais elle avait bien moins chaud à la tête.

Quand elle serait en France, elle se laisserait à nouveau pousser les cheveux, se promit-elle.

Chaque soir elle achetait de la nourriture qu'elle partageait avec Jasper en prenant sur ses économies de la journée. Quand c'était trop dur, les jours où elle gagnait peu, elle n'achetait que du pain. Les bons jours, elle s'offrait des pâtés de viande que confectionnait un vendeur dans la rue ; elle le regardait cuisiner la viande et les épices dans d'énormes poêles rondes qu'il posait sur des braseros.

Parfois un épicier pour lequel elle travaillait lui donnait des fruits en plus de son salaire. Un régal. Et Jasper grâce à son flair trouvait souvent de quoi manger dans la rue.

Tous les soirs, à la tombée de la nuit, elle s'asseyait avec Jasper dans leur petit nid, et elle lui parlait de la mer jusqu'à ce que tous deux finissent par tomber de sommeil. Elle était seule, mais elle était bien souvent trop épuisée pour y songer.

Une nuit, Shauzia fut tirée de son sommeil par les aboiements de Jasper. Quand elle ouvrit les yeux, elle vit des lumières braquées sur elle.

Elle voulut se redresser, mais Jasper était debout sur elle, ne cessant d'aboyer et de gronder.

Entre deux aboiements, des voix d'hommes furieux parvenaient jusqu'à elle. Chaque fois qu'ils tentaient de l'empoigner, ils se heurtaient aux jappements de Jasper qui montrait les crocs.

— On va revenir avec un flingue et on dégommera ton chien, dirent les hommes. Tu nous attends là.

Ils éclatèrent de rire puis s'en allèrent. Jasper renifla Shauzia, lui lécha le visage et s'étendit de tout son long sur son ventre.

Shauzia s'accrocha à lui et lutta pour essayer de respirer malgré sa terreur.

— Il faut qu'on parte d'ici, dit-elle en le poussant doucement à terre.

Ils prirent le chemin inverse des hommes. Shauzia tremblait tellement qu'elle arrivait à peine à marcher et elle s'agrippait au pelage de Jasper pour qu'il la soutienne.

Ils marchèrent la nuit entière et évitèrent tous les gens qu'ils croisèrent sur leur chemin.

5

Shauzia et Jasper marchèrent jusqu'au lever du jour. Épuisés, ils s'effondrèrent à l'entrée d'un magasin d'armement sur la rue principale du quartier moderne de Saddar Bazar. Ils réussirent à dormir un peu avant d'être chassés par le propriétaire lorsqu'il vint ouvrir la boutique.

Shauzia avait peu dormi et avait la tête lourde. Elle ne cessait de heurter sans le vouloir les gens dans la rue et de trébucher sur le sol inégal de la chaussée. Elle se retrouva devant un stand de journaux, à moitié écroulée sur la table qui servait de présentoir.

— Mais regarde donc ce que tu fais ! beugla le vendeur, furieux. Il flanqua un coup de pied à Jasper. Celui-ci jappa en retour.

Shauzia fit s'éloigner son chien et ils se heurtèrent à un marchand d'antiquités afghanes qui était en train de disposer sa marchandise dehors. Lui aussi les apostropha méchamment.

— Je n'aime pas cet endroit, dit Shauzia à Jasper en s'agenouillant auprès de lui et en le caressant pour le calmer. Elle plongea le nez dans sa fourrure épaisse et douce et renifla sa bonne odeur. La terre était pleine d'adultes méchants et ce qu'elle désirait le plus au monde c'était ne plus jamais les voir en face.

Ils poursuivirent leur marche. Shauzia voulait juste trouver un endroit où s'asseoir et être tranquille, mais chaque fois on les faisait déguerpir.

Elle quitta la rue principale et erra dans le dédale des rues étroites et sombres du vieux marché. Finalement elle revint au soleil, là où se tenaient les derniers stands, non loin des rails du chemin de fer.

Il y avait là aussi beaucoup de monde, mais dispersé un peu partout, et non agglutinés les uns aux autres comme dans les boutiques. Shauzia sentit qu'elle pouvait respirer un peu. Avec Jasper, ils marchèrent le long des voies.

Un petit troupeau de chèvres et de moutons à longue queue piochaient de leur museau ce qu'ils trouvaient dans les mauvaises herbes. Des familles afghanes avaient dressé d'informes abris posés à même la terre près des rails. Un vendeur à la sauvette pakistanais proposait au chaland des pulls Mickey Mouse élimés et des jupes en tissu écossais étalés sur de grandes bâches en plastique. L'air était chaud, rempli d'odeurs d'excrément et de la fumée qui s'élevait des petits feux installés ici ou là.

Un groupe d'enfants afghans fouillaient dans des monceaux d'ordures, traînant derrière eux de grands sacs bleus. Shauzia les regarda un moment depuis les rails. Jasper remuait la queue et tirait sur sa laisse, et elle le lâcha. Il se dirigea vers les enfants en trottinant, les toucha du bout du museau, à la recherche d'une caresse.

Shauzia se tenait à l'écart tandis que les enfants, quatre garçons et une petite fille, faisaient des câlins à Jasper. Au début la petite fille avait peur. Jasper était aussi grand qu'elle. Mais il lui lécha le visage, ce qui la fit rire, et Shauzia remarqua qu'elle n'avait plus peur.

— Il s'appelle Jasper, dit-elle en s'approchant. C'est un vieux nom persan.

— Il sait faire des tours ? demanda l'un des petits garçons.

— Bien sûr. C'est un chien très intelligent. Jasper, assis !

Shauzia lui fit montrer ce qu'il savait faire. Les enfants laissèrent un instant leurs sacs pour jouer avec lui, lui jetant un bâton pour qu'il le rapporte.

Deux des garçons paraissaient avoir le même âge que Shauzia. Les deux autres étaient plus jeunes, ils devaient être âgés de huit ou neuf ans. Quant à la petite fille, Shauzia se dit qu'elle devait avoir dans les cinq ans. Elle et le plus jeune des garçons étaient pieds nus. Shauzia se demanda comment ils faisaient.

Elle ne comprenait pas ce qu'ils étaient en train de

chercher dans les ordures, et s'empara d'un des sacs pour voir ce qu'il contenait.

— C'est à moi ! T'essaies de voler, c'est ça ?

L'un des plus grands garçons la repoussa violemment loin du sac. Shauzia tomba en arrière et des tas de petits gravillons lui cisaillèrent les mains.

Jasper fut près d'elle en une seconde : il aboya en direction du garçon.

— Je ne volais pas, protesta-t-elle. Je voulais seulement voir ce que vous ramassez.

Elle donna à Jasper de longues et douces caresses pour qu'il se calme. Elle se releva. Jasper cessa d'aboyer. La petite vint pour lui faire un câlin et de nouveau il remua la queue.

— Ça ne t'est jamais arrivé de faire les poubelles ? demanda le garçon qui l'avait poussée.

— J'ai l'air de quelqu'un qui fait les poubelles ? rétorqua Shauzia tout en s'époussetant. Je travaille.

— Tu fais quoi ?

— Du vrai travail.

— Alors qu'est-ce que t'attends pour dégager et aller faire ton vrai travail, et arrêter d'essayer de nous voler la came ?

Shauzia décocha un coup de pied dans le sac.

— Il n'y a rien qui vaille la peine d'être volé, là-dedans.

— T'appelles ça rien ?

Il saisit le sac et en sortit ce qu'il contenait pour l'agiter sous le nez de Shauzia.

— Trois bouteilles en plastique, un journal complet et deux canettes vides. Tu peux trouver mieux ?

— On verra, répondit Shauzia.

— C'est notre camelote, dit un autre garçon. Y a aucune raison qu'on la partage avec toi.

— Mon chien est un chien de garde, dit Shauzia. Il attaque tous ceux qui nous embêtent.

Le garçon qui avait poussé Shauzia avait le visage couvert de plaies, comme s'il venait de se bagarrer à plusieurs reprises.

— Chien de garde, tu parles, fit-il. Il me fait pas peur.

Ce qui ne l'empêcha pas de reculer.

— S'il ne te fait pas peur, alors viens le caresser, dit Shauzia.

— O.K. !

Le garçon se pencha vers le chien et tendit la main. Jasper gronda et le garçon recula aussitôt d'un pas.

— Tout va bien, Jasper, dit Shauzia en mettant sa main sur l'épaule du garçon. Vas-y, caresse-le. Maintenant qu'il sait que tu es mon ami, il ne te fera pas de mal.

Le garçon tendit la main. Jasper la renifla puis la repoussa de son museau.

— Je dormais dans la rue, la nuit dernière, expliqua Shauzia aux enfants. Des types ont essayé de s'en prendre à moi. Jasper les a fait déguerpir.

— Tu crois que ton chien nous protégerait, nous aussi ? demanda la petite fille.

— Bien sûr. Il adorerait ça, hein, Jasper ?

Le chien était déjà en train de battre de la queue, le plus fort qu'il pouvait.

— Je m'appelle Zahir, dit le garçon au visage blessé. Les autres s'appelaient Azam, Yousef et Gulam, et la petite fille, Looli.

— Moi, c'est Shafiq, dit Shauzia en leur disant son nom de garçon.

— Un garçon que je connais a été pris comme ça a failli t'arriver, dit Zahir. Ils l'ont gardé avec eux et lui ont coupé un truc dans le ventre avant de le relâcher.

— Il était encore en vie ? demanda Shauzia.

— Pour quelque temps, répondit Zahir.

— Et puis il est mort, ajouta Yousef.

— Vas-y. Regarde dans mon sac, dit Zahir.

Shauzia examina la collection de bouts de cartons, journaux, bouteilles et canettes qu'il contenait.

— On les vend à un chiffonnier, expliqua Zahir.

— Pas tout, corrigea Gulam. Ce qui se brûle, on le prend chez nous pour faire cuire les aliments.

— Vous avez de la famille ? demanda Shauzia.

— Gulma et Looli vivent chez leur oncle, dit Yousef. Les autres, on se débrouille.

— Moi, c'est pareil, dit Shauzia. Vous gagnez combien ?

— Cinq roupies, parfois dix. Tu peux venir avec nous, si tu veux, proposa Zahir.

Les enfants retournèrent à leur travail. Shauzia se rendait compte de la chance qu'elle avait eue de trouver ses petits boulots. Elle rejoignit les enfants tandis qu'ils passaient au crible les débris que d'autres n'avaient pas gardés.

Elle était sur le point d'enfoncer les pieds dans le tas d'ordures quand Looli lui dit :

— Pas comme ça ! Elle mâchouillait des cornets de glace dont un marchand s'était débarrassé. Vas-y avec les mains.

Elle montra à Shauzia comment fouiller à même le monceau d'ordures pour en retirer ce qui y était enfoui.

Cela sentait mauvais, mais Shauzia s'en moquait. Après tout, elle avait vécu durant des mois en compagnie de moutons. Et les mouches, elle connaissait, aussi. Elle fouilla à même le tas d'ordures, ouvrant les sacs en plastique et déversant sur le sol ce qu'ils contenaient. Elle mit le papier et les chiffons qu'elle trouva dans le sac de la petite fille.

Elle retournerait le lendemain chercher un travail digne de ce nom, décida-t-elle, mais aujourd'hui, elle voulait seulement rester avec les autres enfants.

Jasper, avec son flair exceptionnel, était parfait pour dénicher la nourriture au milieu des ordures, mais Shauzia n'était pas mauvaise non plus. Outre le papier et les morceaux de bois d'un cageot défoncé, elle repéra un récipient à épices vide et une boîte de biscuits, avec encore quelques biscuits à l'intérieur !

— Hé ! J'ai trouvé de la nourriture ! s'exclama-t-elle.

Dans la seconde qui suivit, elle était sur le dos par terre au milieu des ordures.

— Toute la nourriture, c'est pour moi, dit Zahir en tenant la boîte de biscuits bien haut en l'air.

Mais Shauzia avait faim et elle en avait par-dessus la tête d'être agressée. Sans réfléchir, elle sauta d'un bond et se jeta sur le garçon. Ils roulèrent dans les ordures, chacun essayant de frapper l'autre. Jasper sautait autour d'eux en aboyant. Les autres enfants ramassèrent les biscuits éparpillés par terre et les mangèrent.

Shauzia et Zahir mirent fin à leur bagarre sans que ni l'un ni l'autre ne l'emporte vraiment. Ils s'assirent au milieu des ordures, époussetèrent leurs vêtements et se regardèrent.

— Ne t'avise pas de recommencer à vouloir me prendre quoi que ce soit, gronda Shauzia.

— C'est moi le chef, ici, je te préviens, rétorqua Zahir sur le même ton.

Les biscuits s'étaient volatilisés ; ils décidèrent de faire une trêve et reprirent leurs fouilles dans les tas d'immondices.

À la fin de l'après-midi, l'un des plus jeunes garçons trouva un morceau de corde. Il l'attacha à la poignée d'un sac en plastique et courut à travers la décharge le long des rails de chemin de fer. Le sac voletait derrière lui comme un oiseau, au-dessus des immondices et des gens qui se fabriquaient là leurs abris de fortune.

Shauzia trouvait la scène magnifique.

Le soleil était déjà bas dans le ciel quand Looli vint entourer Jasper de ses petits bras pour lui faire un câlin.

— Il faut qu'on y aille, dit-elle.

Shauzia regarda la petite fille tenir son frère par la main tandis qu'il balançait le sac de déchets de sa sœur et le sien sur son dos ; puis les deux enfants s'en allèrent.

Les autres garçons chargèrent leur cargaison et s'apprêtèrent à partir dans la direction opposée.

— Tu viens ? demanda Zahir. Ou tu as mieux à faire, un vrai travail ?

Les autres garçons gloussèrent. Shauzia se sentit vexée, mais décida que finalement il n'en était rien. Elle jeta un coup d'œil à Jasper, haussa les épaules et courut à petits pas pour rattraper les garçons.

Durant les premières heures de la soirée, ils errèrent dans Peshawar comme un troupeau de moutons, remplissant leurs sacs d'objets divers.

— Donnez-nous de l'argent ! criaient-ils à tous ceux qu'ils rencontraient, éclatant de rire quand les gens prenaient peur et s'enfuyaient en courant.

Shauzia traînait un peu les pieds, elle se refusait à crier mais était ravie d'avoir de la compagnie.

À la nuit tombée, ils arrivèrent à proximité d'un grand hôtel moderne. Il était tellement beau que Shauzia en eut le souffle coupé.

— C'est un palais ? demanda-t-elle.

Les garçons et elle étaient cachés dans des fourrés derrière le bâtiment. De l'autre côté de la rue s'élevait un immense immeuble blanc éclairé par des lumières éclatantes. Des voitures remontaient lentement une longue allée bordée de grands bacs à fleurs resplendissants de couleurs. Un homme habillé d'un magnifique uniforme montait la garde à la double porte qui faisait face.

— C'est un hôtel, expliqua Zahir. Tu ne sais pas ce que c'est qu'un hôtel ?

— Bien sûr que si, mentit Shauzia. Il n'y avait pas de palace de ce genre, en Afghanistan. Qu'est-ce qu'on fait ici ?

Les gravillons lui cisaillaient les genoux.

— Tu vois la lumière dans le vestibule ? dit Zahir en indiquant un long bâtiment peu élevé qui flanquait le côté de l'hôtel. Ça veut dire qu'il y a une grande fête, ce soir.

— Je ne comprends pas.

Zahir soupira devant tant de bêtise.

— On est là pour les restes. T'as pas faim ?

Ils cachèrent leurs sacs pleins de déchets dans les arbres et se dirigèrent d'un trait jusqu'à l'arrière de l'hôtel. Shauzia entendit des bruits de métal et de verre qui s'entrechoquaient. Elle sentit des odeurs de cuisson qui venaient de la porte de la cuisine restée ouverte. Son ventre se tordit de faim.

Quelques instants plus tard, les serveurs sortirent les poubelles par la porte de derrière. Ils les amenèrent au-delà de la barrière et posèrent de grosses pierres dessus.

— Pourquoi est-ce qu'ils font ça ? demanda Shau-zia.

— Pour nous empêcher d'y toucher. Mais on est plus malins qu'eux.

Les serveurs rentrèrent dans le bâtiment. Shauzia et les garçons s'approchèrent des poubelles. Shauzia boitait un peu. Ses jambes étaient engourdies car elle était restée agenouillée sur le gravier. Jasper circulait parmi les enfants, mais il avait compris qu'il devait se faire discret.

Sans bruit, les garçons ôtèrent les pierres qui reposaient sur les couvercles des poubelles. Shauzia leur vint en aide. Tout doucement, ils ouvrirent les bennes. Puis ils se jetèrent sur les restes du festin, mettant de côté les nappes en papier roulées en boule et autres ordures pour pouvoir attraper le riz froid et les os de poulet sur lesquels étaient encore attachés quelques bouts de viande.

Shauzia détacha la viande pour Jasper : il ne devait pas manger les os. Et grâce à son flair il dénicha quantité d'autres délices.

Elle n'arrivait pas à fourrer dans sa bouche autant de nourriture qu'elle voulait. Bouts de cartilage de mouton, morceaux de galette de viande, rondelles de pommes de terre à l'huile parfumée : elle enfournait tout dans sa bouche, mangeant d'une main tandis que de l'autre elle triait les ordures pour trouver encore autre chose à manger. Quand un mégot de cigarette se trouva mêlé à une bouchée de riz aux épinards, elle l'en dégagea avec ses dents, le cracha par terre et continua à manger.

Autour d'elle ce n'était que bruit de mastication.

— Hé ! Fichez le camp d'ici, ou on appelle la police !

Les serveurs s'en prenaient aux enfants en leur criant après depuis la porte de service.

Shauzia s'apprêtait à partir, mais les autres garçons répliquèrent aussitôt sur le même ton. Ils jetèrent des os et d'autres ordures sur les serveurs. Jasper aboya et les déchets voltigèrent dans les airs. Shauzia saisit une pleine poignée de nourriture avariée et se joignit à eux. Elle éclata de rire quand elle vit les serveurs se protéger de leurs mains contre les projectiles qui leur volaient au visage.

Cela faisait du bien de hurler et de jeter des choses. Shauzia ne se souvenait plus quand elle avait fait ça pour la dernière fois. Quand elle était bergère, elle ne devait pas élever la voix car cela aurait effrayé ces imbéciles de moutons. À Kaboul, elle ne devait pas élever la voix car cela aurait été de la folie d'attirer l'attention : elle n'avait nul besoin que les taliban la regardent de près et se rendent compte qu'elle était une fille.

Mais là, elle pouvait s'en donner à cœur joie, elle ne se gênait pas, et c'était délicieux de crier ainsi.

Les serveurs disparurent un moment, puis revinrent en brandissant des poêles et des couvercles de casserole. Shauzia aperçut des vigiles qui se dirigeaient vers eux, l'arme au poing.

Les enfants se dispersèrent et il leur fallut quelques secondes à peine pour être hors de danger avant que les adultes les rattrapent. Quand tout redevint calme, ils retrouvèrent leurs sacs d'ordures et se mirent à la recherche d'un endroit pour passer la nuit.

Cette nuit-là, Shauzia resta avec les garçons. Ils dormirent dans une cage d'escalier puante, serrés les uns contre les autres. Jasper était leur chien de garde, et avec lui ils étaient en sécurité.

6

Shauzia se tenait dans une allée d'un supermarché fréquenté par des gens aisés. Elle parcourait doucement du doigt les rangées remplies de magnifiques emballages. Ils étaient décorés d'illustrations qui promettaient des trésors. Des gâteaux, des biscuits nappés de chocolat, de la viande, du fromage : de la nourriture plus fabuleuse que ce qu'elle avait jamais vu.

Et il y en avait une telle profusion ! Qui est-ce que cela pouvait bien embêter si elle en prenait une ou deux boîtes pour elle et pour son chien ? Il y en avait tant !

Elle salivait tandis qu'elle prenait dans le creux de sa main une boîte de conserve décorée d'une image de poisson sur le couvercle. C'était si facile de la faire glisser dans son sac.

— Encore toi !

Elle sentit qu'on lui empoignait l'épaule. Elle lâcha la boîte de poisson et fut traînée entre les rayons du magasin.

— C'est la quatrième fois aujourd'hui que je suis obligé de te fiche à la porte. Si tu recommences, j'appelle la police.

L'employé poussa Shauzia dehors avec une telle brutalité qu'elle heurta le sol en même temps qu'elle fut replongée dans la terrible chaleur de la ville. Le magasin était un endroit si frais, comme s'il avait été enveloppé dans un cocon de neige.

Elle se releva, trop furieuse pour prêter attention aux écorchures qui parsemaient ses mains et ses coudes. Elle se tint le plus près possible de la porte du magasin de rêve. Au moins pouvait-elle saisir un peu de l'air frais qui passait quand les riches clients entraient et sortaient.

Jasper était couché sous un coin d'ombre le long du bâtiment du magasin. Il avait si chaud que c'est à peine s'il avait grogné quand on avait jeté Shauzia dehors.

Shauzia ne pouvait rester à l'ombre car alors elle se serait trouvée hors du trajet emprunté par les gens auxquels elle voulait faire la mendicité.

— Vous n'auriez pas une ou deux roupies ? demanda-t-elle à un homme qui sortait du magasin. Il vint directement vers elle en tendant la main. La femme qui sortit juste après donna à Shauzia un billet froissé de deux roupies. Cela faisait six roupies pour la journée.

— Je déteste ça, dit-elle à Jasper. Je déteste devoir demander quoi que ce soit aux gens. La prochaine personne qui passe, je lui prends son argent et je pars en courant. S'ils ne me donnent rien, je le prends, un point c'est tout.

Jasper la regardait de ses grands yeux, pas du tout impressionné. Il connaissait ce discours.

Dans le magasin, Shauzia s'était sentie vaciller à la vue de tous ces beaux emballages de boîtes de nourriture alignées sur les rayons. Les gens qui faisaient leurs courses là devaient être vraiment riches. Des gens aussi riches, cela ne devait certainement pas les gêner de lui donner un peu de leur argent.

Mais les riches n'étaient en rien plus généreux que les pauvres.

Elle demandait aussi aux clients s'ils n'avaient pas un travail à lui donner, mais personne n'avait rien pour elle. Elle préférait travailler plutôt que mendier. Quand elle mendiait, elle se sentait humiliée.

Un homme et une femme habillés à l'occidentale sortirent d'une camionnette blanche accompagnés de leurs deux petits garçons et traversèrent le parking en se dirigeant vers le supermarché. Shauzia les aperçut et leur tendit la main.

— Tu as vu le chien ?

Les deux garçons coururent vers Jasper. En deux secondes, il fut sur ses pattes, agitant la queue.

— Soyez prudents, les garçons. Vous ne le connaissez pas, ce chien, dit l'homme.

Shauzia se rendit compte qu'ils parlaient anglais et elle rassembla dans son esprit les quelques mots d'anglais qu'elle avait appris à l'école.

— Il s'appelle Jasper, dit-elle.

L'homme et la femme voulurent entraîner leurs enfants à l'intérieur du magasin.

— Je cherche du travail, dit Shauzia. Elle tendit la main pour qu'ils lui donnent un peu d'argent, si c'était cela qu'ils préféraient.

— Tu parles très bien l'anglais, dit la femme d'une voix douce. Puis elle mit un billet de dix roupies dans la main de Shauzia. Allez, les garçons, on entre.

« C'est toujours ça », pensa Shauzia en fourrant l'argent dans sa poche. Quand la famille ressortit, les garçonnets se dirigèrent droit sur Jasper.

— On peut l'emmener chez nous, maman ? demanda l'un d'eux.

— C'est le chien de ce garçon, répondit la femme. Le garçon se mordit la lèvre inférieure et retint Jasper, si fort que celui-ci dut secouer tout son corps pour se dégager.

L'homme donna à Shauzia un autre billet de dix roupies.

— Pour acheter de quoi manger à ton chien, à lui aussi, dit-il. Puis la famille chargea la camionnette et ils s'en allèrent.

Shauzia et Jasper passèrent le reste de la journée à l'extérieur du supermarché, mais ils ne récoltèrent que deux ou trois roupies de plus. Elle acheta des galettes de viande pour les partager avec Jasper, et des *nans*. Puis elle alla rejoindre les autres garçons.

Ils avaient adopté le cimetière chrétien comme terrain de camping. Il était ombragé et frais durant la journée, la pelouse était tendre et il faisait bon y dormir la nuit. Les stèles semblaient toutes indiquer des tombes de soldats britanniques morts lors de combats contre des Indiens. Shauzia ne savait pas de quelle guerre il s'agissait. Elle se disait que cela n'avait pas d'importance.

— Comment ça s'est passé, aujourd'hui ? demanda Zahir.

Shauzia lui montra le sachet de *nans*. Elle ne dit pas combien elle avait gagné.

L'un des garçons avait des oranges qu'il avait volées sur le *karachi* d'un vieux vendeur ambulant. Ils se les partagèrent. Zahir exigea d'en avoir plus que certains autres enfants, mais il ne s'en prit pas à Shauzia.

— Salut, je peux venir avec vous ?

Un petit garçon, son sac à ordures bleu à ses pieds, se tenait de l'autre côté de la barrière du cimetière.

— Bien sûr. Viens par là.

Zahir alla à sa rencontre.

Shauzia savait ce qui allait se produire.

— Balance d'abord ton sac, proposa Zahir. Ça sera plus facile, ensuite, de passer par-dessus la barrière.

Le garçonnet fit basculer son sac qui atterrit dans

les bras grands ouverts de Zahir. Celui-ci attendit que le petit soit presque en haut de la barrière pour le repousser brutalement sur le trottoir. Le garçon retenta à plusieurs reprises de grimper avant de se rendre compte que son sac s'était envolé et qu'il ne pouvait plus rien faire.

Shauzia ne prit pas part à la mêlée lorsque les autres se partagèrent les ordures volées, mais elle ne fit rien non plus pour venir en aide au garçon. Elle n'avait pas peur de se battre avec Zahir, mais la dernière chose dont elle avait besoin était que quelqu'un dépende d'elle, attende d'elle une aide quelconque. Jamais elle ne gagnerait la mer, de cette manière.

— Je me débrouille bien toute seule. Il n'a qu'à faire pareil, murmura-t-elle à l'oreille de Jasper tandis qu'ils s'installaient parmi les croix et les tombes pour passer la nuit.

Tous les matins, Shauzia quittait le cimetière. Parfois elle prenait Jasper avec elle mais en général elle le laissait à l'ombre avec une casserole pleine d'eau à côté de lui – elle allait puiser l'eau à un robinet à l'extérieur de la vieille église non loin de là. Elle marchait jusqu'au Saddar Bazar ou s'aventurait dans d'autres quartiers de la ville pour chercher du travail.

À force de parcourir Peshawar dans tous les sens, en peu de temps elle connut la ville comme sa poche. Elle savait dans quels quartiers elle avait le plus de chance de trouver du travail, quels magasins se débarrassaient de leur nourriture en la donnant aux mendiants à la fin de la journée, et quels grands hôtels disposaient de bennes à ordures qu'on pouvait forcer. Elle apprit où étaient installés des robinets accessibles, où elle pouvait faire un brin de toilette et trouver quelque chose à boire. Elle apprit dans quels jardins publics elle pouvait faire la sieste quand il faisait chaud l'après-midi, lesquels étaient gardés par des vigiles qui la chasseraient avant même qu'elle puisse se mettre à son aise.

Les jours de chance, elle travaillait. Les autres jours, elle mendiait. Jour après jour, elle constituait son pécule dans sa petite bourse.

— On s'approche de la mer, dit-elle à Jasper un soir alors qu'ils étaient seuls dans le cimetière. Elle lui montra la liasse de billets. Il les renifla et agita la queue. Elle remit le trésor dans son porte-monnaie et le cacha sous sa chemise avant le retour des garçons.

— On ne les connaît pas, ces garçons, dit Shauzia à Jasper. Tout ce qu'on sait d'eux c'est qu'ils sont affamés et les gens affamés, on ne peut pas leur faire confiance. S'ils savaient que j'ai de l'argent, ils me le voleraient, exactement comme moi je ferais avec eux. Enfin, j'imagine que je ferais ça.

Des garçons venaient se joindre à la bande, d'autres repartaient, Shauzia ne connaissait pas toujours leurs noms. Personne ne parlait beaucoup de soi. Certains sujets étaient trop douloureux pour qu'on en parle.

— Vous n'auriez pas une ou deux roupies ?

À présent, Shauzia était capable de poser cette question en dari, pachtou, ourdou, la langue que parlent les Pakistanais, et en anglais.

— Même si je déteste mendier, ça vaut le coup de venir ici le dimanche, dit-elle à Jasper.

« Ici », c'était le restaurant Chief Burger sur Jamrud Road, près de la cité universitaire, là où vivaient la plupart des étrangers. Les gens qui voulaient manger étaient debout dans la rue et passaient leurs commandes à travers la fenêtre. Après quoi, ils n'avaient rien d'autre à faire que de regarder Jasper faire ses tours.

Le patron du Chief Burger aimait bien Jasper. Il lui donnait de l'eau et des morceaux de viande.

— Aujourd'hui, j'ai fait les steaks un peu plus petits. Si les clients le remarquent, ce sera trop tard. Ils m'auront déjà payé !

Shauzia était heureuse que son chien puisse manger. Elle aurait bien aimé manger de la viande, elle aussi, mais elle ne réclamait pas, et on ne lui en proposa jamais.

Elle ne savait jamais si c'était l'église, la pizza, ou les tours de Jasper, mais elle se faisait toujours un bon pécule le dimanche. Parfois même plus que lorsqu'elle travaillait.

Beaucoup de clients étaient des habitués. Shauzia se souvenait d'eux d'une semaine sur l'autre, et ils se souvenaient d'elle – ou du moins de Jasper, vu que c'était lui qu'ils venaient saluer en premier.

Shauzia espérait toujours qu'ils lui donneraient un morceau de pizza en plus des roupies, mais cela ne se produisait jamais. Même avec les gens qu'elle voyait régulièrement, comme ce couple à la camionnette blanche qu'elle avait rencontré une fois devant le supermarché. Leurs deux garçonnets avaient pleuré quand il avait fallu qu'ils s'arrêtent de jouer avec Jasper et rentrent à la maison.

— Vous n'auriez pas une ou deux roupies ? cria-t-elle.

— Tu veux de l'argent ? demanda un homme qui surgit à son côté.

« Les adultes ont de ces questions idiotes », se dit Shauzia.

— Oui, j'ai besoin d'argent, répondit-elle poliment en tendant la main. Je cherche du travail, aussi.

L'homme lui tendit un billet de cent roupies.

Shauzia crut que ses yeux allaient lui sortir de la tête. Jamais elle n'avait vu quelque chose d'aussi beau.

— Viens avec moi, dit l'homme. Je te donnerai du travail et encore plus d'argent, ensuite.

— Oh ! merci, dit Shauzia. Je travaillerai dur. Viens, Jasper.

Elle se pencha vers son chien pour attraper sa laisse.

— Laisse le chien ici, dit l'homme. Il saisit le bras de Shauzia.

Jasper gronda.

Shauzia tenta de rassurer son chien, mais l'homme

la serra plus fort et commença à la tirer le long du trottoir en direction de sa voiture.

— Attendez ! dit-elle. Juste que je m'occupe de mon chien.

L'homme ne s'arrêta pas. Il la tenait encore plus fort.

— Vous me faites mal ! cria Shauzia.

Jasper, entendant qu'elle paniquait, se mit à aboyer après l'homme. Mais celui-ci continuait de tirer Shauzia vers lui.

— Non ! Elle essaya de se dégager. Je ne veux pas venir avec vous !

La foule commençait à s'amasser autour d'eux. Cela attira la police.

— Qu'est-ce qui se passe ? demanda un policier.

— Ce garçon m'a volé, il m'a volé un billet de cent roupies, se plaignit l'homme.

— C'est pas vrai ! Je n'ai pas volé ! C'est lui qui m'a donné cet argent ! hurla Shauzia. Il a essayé de me faire monter dans sa voiture, mais je ne voulais pas.

— Fouillez-le, dit l'homme. Vous trouverez mon billet de cent roupies dans sa poche.

Shauzia n'avait aucune envie qu'on la fouille et lui prenne ses économies. Elle sortit le billet de sa poche et le tendit à l'homme.

— Tenez, reprenez-le.

L'un des policiers s'en empara.

— On tient une preuve, dit-il.

Puis ils s'emparèrent d'elle. Jasper aboya furieusement et se jeta contre eux.

Shauzia hurlait et essayait de se débattre, mais les policiers étaient plus grands qu'elle et ils la poussèrent brutalement au fond de leur fourgon.

Elle jeta un coup d'œil par la petite fenêtre arrière juste le temps de voir l'un des policiers labourer Jasper de coups de pied. Puis le fourgon s'éloigna et elle ne vit plus rien.

7

— Vide tes poches.

Le fonctionnaire de police désigna le dessus du comptoir. Shauzia jeta un regard aux autres personnes qui se trouvaient dans la pièce. Tous des hommes assis derrière de gros bureaux, à boire des jus de fruits et à la regarder tandis que les ventilateurs tournoyaient au-dessus de leur tête. Personne ne fit un geste pour venir à son secours. Elle était le seul enfant, et se sentait toute petite petite.

— Je n'ai rien fait de mal !

Elle n'avait pas cessé de protester de son innocence même après que les policiers l'avaient jetée au fond du fourgon.

— Vide tes poches ! répéta le policier. Tu les vides, sinon on va le faire à ta place.

Les mains tremblantes, Shauzia sortit de sa poche

77

les quelques roupies qu'elle avait gagnées en mendiant ce jour-là et les posa sur le comptoir.

Le policier déplia la photo de journal qui représentait le champ de lavande. Il y jeta un coup d'œil, la passa à ses collègues, puis la replia.

— Tu peux garder ça, dit-il. Puis il remarqua la cordelette autour de son cou. Qu'est-ce que tu as là ?

Shauzia fit celle qui ne comprenait pas, mais cela ne marcha pas. Il avança la main et lui arracha la bourse où elle gardait son argent en la lui brandissant sous le nez. Il l'ouvrit et déversa l'argent sur le comptoir.

Shauzia ne perdait pas de vue ses billets, ceux pour lesquels elle avait travaillé si dur, ceux qui l'emmèneraient au bord de la mer.

Le policier les balaya d'un geste et ils disparurent dans un tiroir.

— C'est à moi ! cria-t-elle.

— Quoi, qu'est-ce qui est à toi ?

— L'argent que vous avez pris. C'est mon argent !

— Qu'est-ce qu'un garçon comme toi peut bien faire avec tout cet argent ? Tu es un voleur, c'est sûr !

Shauzia tenta de plonger par-dessus le comptoir pour attraper son argent, mais il était trop élevé et les policiers étaient de haute stature. Ils se saisirent d'elle et deux secondes plus tard elle se retrouva au fond d'une cellule.

Elle atterrit sur quelque chose de mou, puis rebondit sur ses pieds. Elle s'agrippa solidement aux barreaux et essaya de se glisser au travers.

— Vous n'avez pas le droit de garder mon argent, cria-t-elle. Je l'ai gagné ! Il est à moi !

L'un des policiers donna un coup de bâton contre les barreaux, à quelques centimètres de ses poings serrés. Shauzia fit un bond en arrière.

— La ferme, sinon personne n'aura à manger.

— Je veux mon argent ! s'époumona-t-elle en direction du policier qui s'éloignait.

— Arrête de hurler. Tout ce que tu obtiendras, c'est de les mettre en furie, dit une voix derrière elle.

Shauzia se retourna. La cellule était remplie d'adolescents. La plupart avaient l'air plus âgés qu'elle. Quelques-uns avaient son âge, ou étaient un peu plus jeunes. Ils étaient assis par terre et la fixaient des yeux.

— Mais c'est eux qui me mettent en furie, rétorqua Shauzia en donnant des coups de pied dans les barreaux. Qu'est-ce que ça peut me faire, qu'ils se mettent en furie, eux ?

— Parce qu'ils vont nous le faire payer à nous tous.

— Alors tu t'assois et tu la fermes, sinon on va t'aider à la fermer.

Shauzia s'effondra par terre. Les autres durent se pousser pour lui faire de la place.

— Je veux récupérer mon argent, dit-elle à voix basse.

Elle serra ses genoux entre ses bras pour calmer le tremblement qui agitait son corps et pinça les lèvres pour ne pas pleurer.

— Tu peux le prouver, qu'ils t'ont pris ton argent ? demanda un garçon.

— Tu peux le prouver que tu avais de l'argent ? demanda un autre.

— Je le récupérerai, répéta-t-elle.

Certains se contentèrent de ricaner.

« Ils ne savent pas qui je suis, pensa-t-elle. Ils rient parce qu'ils ne savent pas à quel point je suis déterminée. »

Au fur et à mesure que l'après-midi s'écoula, l'inconfort l'emporta sur la panique et la rage. Impossible de s'asseoir correctement, dans cette cellule. L'air était chaud et il n'y avait aucune aération. Elle éprouvait le besoin de s'étendre ou de s'adosser à quelque chose, ou d'étirer ses jambes. Les gosses ne laissaient pas vide un seul centimètre du sol en ciment.

Rapidement elle sentit des crampes et son dos la fit souffrir.

Une odeur puante émanait des corps pas lavés depuis des jours et des relents d'excréments. Shauzia avait du mal à respirer et elle se demandait comment faisaient les autres.

« Peut-être étaient-ils ici depuis si longtemps qu'ils avaient fini par s'y habituer, se dit-elle, comme moi je me suis habituée à l'odeur des moutons. »

Elle espéra ne pas devoir rester dans cette cellule si longtemps.

Durant les premières heures, elle sursauta au moindre bruit qui venait du dehors – chaque sonnerie du téléphone à l'entrée, chaque fois qu'un policier passait devant la cellule.

— Du calme, dit l'un des garçons plus âgés. Tu vas rester ici.

— Qu'est-ce que tu en sais ?

— Une fois qu'on est ici, on y est pour toujours, expliqua-t-il. Je n'avais que six ans quand ils m'ont coffré. Regarde : j'ai bientôt l'âge d'avoir du poil au menton.

Les autres éclatèrent de rire.

Shauzia se dit qu'ils devaient plaisanter. Les bergers faisaient ce genre de blague. Ils se moquaient de la façon dont elle s'y prenait avec le bétail, ou riaient lorsqu'un mouton venait lui botter le derrière de son museau.

Shauzia s'en fichait. Des sujets de plaisanterie, il n'y en avait pas beaucoup. Ce qui lui importait, à présent, c'était de masquer cette peur qui se lisait sur son visage. La colère était une bonne chose. La peur, c'était dangereux.

— Si ta famille peut venir apporter une caution, peut-être que la police te relâchera, dit le garçon assis à côté d'elle d'une voix douce. Tu ne resteras pas ici toute ta vie. N'écoute pas ce qu'ils racontent.

— Qu'est-ce que ça peut me faire ? Je suis allée en prison des dizaines de fois.

— Tu n'as pas l'air d'avoir l'âge de quelqu'un qui a fait des choses des dizaines de fois, répliqua un garçon plus âgé, et ils rirent de nouveau.

— Depuis combien de temps tu es ici ? demanda-t-elle à son voisin.

Il se tourna légèrement et lui montra des encoches qu'il avait gravées sur le mur.

— Ça, c'est moi, une par nuit.

Les encoches qu'il avait tracées formaient un groupe à part. Il y en avait d'autres, plus loin, le mur en était couvert. Shauzia les compta. Presque trois mois que le garçon était emprisonné. Elle se garda de dire qu'elle savait compter.

— Je n'ai pas de famille, dit le garçon d'un air confus. Pas ici. Ils sont en Afghanistan. Je suis venu pour gagner de l'argent pour les faire sortir de là-bas, mais maintenant, me voilà en prison. Le flic me demande : « Où sont tes papiers ? » Je n'ai pas de papiers. Ma maison a été bombardée. Comment veux-tu que j'aie des papiers ? Alors je reste ici.

— Encore en train de raconter ton histoire ? râla un autre garçon. Combien de fois il faudra qu'on y ait droit ? On est aussi peu chanceux que toi.

Le garçon assis près de Shauzia continua en baissant la voix.

— Nous sommes tous des Afghans, ici. Ils mettent les Pakistanais ailleurs. Est-ce que tu as ta famille, à Peshawar ?

Shauzia ne put répondre. Elle mettait toute son énergie à ne pas pleurer.

Tout à coup elle se rendit compte que, chaque fois que le téléphone sonnait dans le bureau des policiers, ce ne serait pas pour elle. Elle n'avait personne pour payer la caution, personne même qui sache qu'elle était ici.

Elle se vit en train de graver des encoches sur le mur – des encoches à l'infini qui recouvriraient le mur entier, qui masqueraient toutes les autres.

Comment pourrait-elle rester dans cet endroit exigu, sans pouvoir courir, ni voir la mer ? Elle était restée des mois entiers à l'air libre, se déplaçant à sa guise. La cellule l'oppressait. Comment pourrait-elle rester là ?

C'était insupportable de se poser la question. Elle songea à Jasper, pour penser à autre chose. Se faire du souci pour lui était plus facile que de penser à elle.

— Il y a des toilettes ? demanda-t-elle au bout de quelques minutes.

— Tu ne sens pas ?

Un garçon tendit le pouce vers un endroit à l'écart dans le fond de la cellule.

Shauzia se fraya un chemin au milieu des autres comme si elle enjambait un parterre de fleurs. L'endroit retiré lui offrit quelques secondes d'intimité, mais en guise de toilettes ce n'était qu'un trou puant à même le sol.

« Les moutons sont moins sales que ça », se dit-elle, et elle ne s'attarda pas.

Un gardien passa avec un plateau rempli de tasses en métal pleines de thé et une pile de *nans*.

— Le dîner, dit-il.

Les garçons se précipitèrent sur la nourriture comme les chiens sauvages que Shauzia avait vus à

Kaboul, qui se bousculaient pour attraper le pain. Le gardien éclata de rire.

Shauzia ne toucha pas à ce qu'on leur présentait. Le gardien tenait encore la porte de la cellule ouverte. En deux secondes elle fut sur ses pieds et pratiquement dehors.

— Tu vas où, là, d'après toi ? dit le gardien en lui saisissant le bras au passage.

— Je n'ai rien à faire ici, hurla-t-elle en essayant de se dégager. Je n'ai rien fait de mal !

— Retourne dans la cellule !

Le gardien la poussa à l'intérieur. Elle tomba en plein sur le plateau de thé, faisant voltiger les tasses que les prisonniers n'avaient pas encore attrapées. La porte de la cellule claqua.

L'un des garçons lui donna un grand coup de coude dans le flanc.

— Tu as renversé mon thé et celui de mon pote, éructa-t-il, tu dois nous donner le tien pour réparer ça.

— Je n'ai rien à vous donner du tout, hurla Shauzia.

— T'excite pas, dit le garçon, je t'aurai.

Shauzia retourna à sa place et s'assit par terre. Évidemment, il ne restait plus ni pain ni thé.

— Tiens, dit le garçon assis à côté d'elle, je t'en donne un bout. Il coupa son *nan* en deux et lui en tendit la moitié.

Shauzia savait que, si elle acceptait ce geste gentil, elle allait devoir témoigner de gentillesse en retour, ce qui la mettrait en position de faiblesse. Aussi décida-t-elle de dédaigner cette offre. Elle avait connu la faim. En cet instant précis, c'était le cadet de ses soucis.

Le garçon à côté d'elle grava une encoche de plus sur le mur à l'aide de sa tasse en fer-blanc. Les autres firent de même.

— J'en fais une pour toi, dit le garçon en entaillant un endroit du mur resté vierge.

Shauzia jeta un coup d'œil, sur le moment, puis détourna son regard.

Le gardien vint ramasser les tasses, puis éteignit le néon du plafond.

— Faites de beaux rêves, les gars, dit-il d'un air moqueur.

Les garçons s'étendirent sur le sol du mieux qu'ils purent dans cette cellule surpeuplée. Shauzia en fit autant, puis se rassit tandis que l'un des garçons entonnait une longue plainte syncopée.

— C'est Cogne-le-Ciboulot, entendit-elle dire.

Le garçon se balançait et se cognait la tête contre le mur, sans s'arrêter, tout en marmonnant.

— Quand c'est allumé, ça va, mais il aime pas quand il fait noir. Il fait ça chaque nuit. Tu t'y habitueras.

— Bientôt, tu feras comme lui, dit un autre, et plusieurs se mirent à rire.

Shauzia regarda quelques minutes Cogne-le-Ciboulot, puis se rallongea. Des mouches lui piquaient les chevilles et le cou. Elle s'enveloppa dans son châle

85

pour se protéger le reste du corps, mais bientôt elle eut si chaud qu'elle dut l'enlever à nouveau.

La nuit paraissait interminable. Des garçons criaient dans leur sommeil, et les mouches attaquaient sans répit.

L'inquiétude et la peur n'allaient pas empêcher Shauzia de dormir. Elle tâcha de se dire que les choses allaient s'arranger. La police se rendrait bien compte qu'ils avaient commis une erreur, et ils la relâcheraient au matin.

Mais elle n'y croyait qu'à moitié. Des gens disparaissaient dans les prisons afghanes. Peut-être était-ce la même chose au Pakistan.

C'était terrible d'être séparée de Jasper, de ne pas l'avoir à côté d'elle pour être protégée, de ne pas pouvoir tendre la main et le sentir respirer.

Allait-elle devenir folle dans ce lieu épouvantable ? Allait-elle perdre la raison, enfermée ainsi à l'ombre ? Elle en avait vu, des fous, en Afghanistan. La folie ne s'emparait pas seulement de leur esprit, elle s'emparait de tout leur être jusqu'à ce qu'il ne reste plus rien d'eux – plus qu'une folie sur deux jambes.

Elle tendit la main et la posa doucement sur la poitrine du garçon qui dormait à côté d'elle. Elle sentait son cœur battre fort en lui. Elle sentait ses poumons aspirer l'air puis l'expirer. Elle ferma les yeux et fit comme si le garçon était Jasper. Elle finit par s'endormir.

8

Encore du thé et du pain en guise de petit déjeuner de prisonnier. Shauzia saisit son morceau de pain et but sa tasse de thé avant que les garçons qui l'avaient bousculée puissent s'en emparer. Mais le thé ne la désaltéra qu'à peine.

— C'était le mien ! gronda un garçon.

— Attends un peu et je te le pisse à la figure ! répliqua-t-elle.

Les autres rirent, et cette fois ce n'était pas de Shauzia dont ils riaient.

Le garçon était sur le point de se jeter sur elle, mais juste à ce moment-là un gardien se présenta à la porte de la cellule.

— Préparez-vous pour la douche, annonça-t-il.

Les autres garçons bondirent sur leurs pieds.

— L'eau est fraîche, ça va nous rafraîchir, souffla

l'un d'eux à Shauzia. Quand on est dehors, ils lavent la cellule et les toilettes à grande eau. Ça sera mieux, après, tu verras.

Shauzia était atterrée. Elle n'aurait nulle intimité. Elle ne pouvait pas se montrer nue à tous ces garçons, elle, la fille.

Elle était si effrayée qu'elle pouvait à peine penser.

Les garçons se pressaient contre les barreaux à l'entrée de la cellule, chacun voulant être le premier à se précipiter sous l'eau froide. C'était là une occasion de se détendre les jambes, et ils hurlaient, poussaient et se bousculaient les uns les autres, dans un grand état d'excitation.

Shauzia les laissa se presser vers la sortie jusqu'à se trouver seule au fond de la cellule. Elle se pelotonna contre le mur en béton.

Peut-être que si elle se recroquevillait assez elle allait pouvoir passer à travers le mur.

Il y eut un grand choc sur les barreaux quand le gardien fit reculer les garçons à l'aide de son bâton.

— Celui qu'on a amené hier, avance-toi, gueula-t-il.

— Moi ! moi ! hurlèrent certains garçons. Je suis arrivé hier !

Au milieu de la cacophonie, Shauzia entendit une autre voix, qui parlait en anglais, puis en dari.

— Non, ce n'est personne de ceux-là, dit la voix. Il y en a un autre, ici ? Celui qui a été arrêté au Chief Burger ?

Shauzia fit un bond et se fraya un chemin vers la

porte. De l'autre côté des barreaux se tenait l'un des Occidentaux, un de ceux qui venaient habituellement se régaler d'une pizza après la messe, le père des deux petits garçons qui avaient pris Jasper en affection.

L'homme lui adressa un sourire.

— Tu as un très bon chien.

Shauzia se pencha à travers les barreaux et parvint à s'accroupir de manière à pouvoir lui parler.

— Il faut que vous me sortiez de là, supplia-t-elle, c'est le jour de la douche.

L'homme parut embarrassé, et elle appuya sa tête sur les barreaux.

— Je suis une fille !

Il la regarda de près, cligna des yeux, puis parlementa avec les gardiens. Ils s'écartèrent de la porte de la cellule. Shauzia n'entendait pas ce qu'ils disaient, mais elle vit l'Occidental sortir son portefeuille et adresser de grands gestes au gardien tout en parlant. Son cœur battit à tout rompre quand elle le vit remettre son portefeuille dans sa poche, puis de nouveau quand il le ressortit. Les gardiens faisaient monter les enchères. Puis l'homme hocha la tête, prit quelques billets et les leur tendit.

Les gardiens tirèrent le verrou de la cellule, cherchèrent des yeux à travers la cohue des prisonniers et firent sortir Shauzia. Elle jeta un regard en direction des garçons, mais le regretta aussitôt. Même la brute épaisse avait l'air perdu et tout petit avec son visage derrière les barreaux.

L'Occidental la prit par le bras et l'accompagna jusqu'à la sortie du commissariat.

— Attendez ! cria-t-elle. Ils ont gardé mon argent !

L'homme poursuivait son chemin.

— Il n'y a plus d'argent. Il n'y en a jamais eu, dit-il d'une voix douce. Sortons d'ici avant qu'ils ne changent d'avis.

Shauzia sentit la colère l'envahir, sans pouvoir la faire sortir d'elle. Mais dès qu'elle fut hors du commissariat et qu'une grosse créature à poils se jeta sur elle si violemment qu'elle faillit tomber à la renverse, elle n'y pensa plus.

— Jasper !

Il lui lécha le visage et elle serait volontiers restée des heures assise par terre à lui faire des câlins si l'homme ne les avait fait se dépêcher de rentrer dans sa grosse voiture.

Shauzia et Jasper se mirent à la fenêtre et se grisèrent de l'air de la rue tandis que le véhicule se frayait un chemin à travers l'invraisemblable circulation de Peshawar. C'était merveilleux, cet air neuf, même s'il était brûlant.

— Comment t'appelles-tu ? demanda l'homme.

— Mon nom de fille, c'est Shauzia. Mon nom de garçon, Shafiq, expliqua-t-elle en retirant sa tête de la fenêtre ouverte. Jasper avait une drôle d'allure, avec ses poils qui lui venaient au-devant du museau, cela la faisait rire.

— Moi, c'est Tom.

— Comment est-ce que vous m'avez trouvée ?

Il lui tendit une bouteille d'eau en plastique, et elle but goulûment.

— C'est ton chien, expliqua-t-il. Quand nous sommes arrivés au Chief Burger pour notre pizza, hier, il nous a pratiquement sauté dessus. Nous avons questionné les gens autour de nous pour savoir ce qui s'était passé. Je suis désolé que ça ait pris tant de temps, mais ça n'a pas été facile de te trouver et de convaincre la police de te laisser sortir.

— Où est-ce qu'on va, là ?

— Barbara, ma femme, m'a fait promettre de te ramener à la maison si j'arrivais à te sortir de prison. Elle sera ravie d'apprendre que tu es une fille. Pourquoi est-ce que tu te fais passer pour un garçon ?

— J'en avais envie, comme ça, mentit Shauzia – plutôt par pudeur que par manque de confiance envers Tom.

— Ta famille est toujours en Afghanistan ? demanda-t-il.

— Ils sont morts, mentit-elle à nouveau, puis elle se pencha à la fenêtre. Elle n'arrivait pas à se souvenir quand elle était montée pour la dernière fois à bord d'une voiture aussi rapide.

« Si j'en avais une pareille, se dit-elle, je serais au bord de la mer en quelques heures. »

Ils s'engagèrent dans le quartier de l'université, un quartier plein de grands arbres, de bâtiments élevés et fleuris dont les fleurs se déversaient dans les rues. Le vacarme de Jamrud Road était loin derrière eux tandis que le véhicule empruntait plusieurs rues tortueuses pour finalement s'arrêter devant une haute porte en métal qui faisait une ouverture dans un mur élevé.

Tom sortit, actionna le mécanisme de sécurité de la porte et l'ouvrit, puis fit entrer la voiture.

Shauzia et Jasper sautèrent du véhicule pour pénétrer dans un univers totalement inconnu d'eux.

— Papa est rentré ! papa est rentré !

Les deux petits garçons coururent le long du portail d'entrée et traversèrent le jardin à toutes jambes pour se jeter dans les bras de leur père. Derrière eux venait Barbara, leur mère. Elle posa les mains sur les épaules de Shauzia.

— Alors comme ça Tom a pu te faire sortir de là ! Bienvenu à la maison.

Shauzia leva les yeux vers Barbara. Elle souriait chaleureusement. Shauzia n'avait jamais vu un tel sourire, sauf chez Parvana.

— Tu dois avoir faim, dit Barbara. Nous avons tout ce qu'il faut à la maison pour régaler un garçon affamé.

— Le garçon affamé est une fille affamée, précisa Tom tout en faisant tournoyer son plus jeune fils autour de lui.

Barbara regarda Shauzia.

— Une fille ! Oh, magnifique ! Ça me fera de la compagnie, dans cette maison pleine d'hommes. Entre. On va te donner ce qu'il faut pour te laver et manger, et tu nous raconteras ce qui t'arrive.

Shauzia eut presque mal aux yeux de voir toutes

ces couleurs éclatantes dans le jardin. Des oiseaux chantaient dans les arbres. La ville de Peshawar, loin derrière les hauts murs, semblait n'avoir jamais existé.

Elle n'en revint pas quand Barbara l'introduisit dans la maison. L'entrée à elle seule était plus vaste que la pièce qu'elle partageait avec sa famille entière à Kaboul.

— Tom est ingénieur, dit Barbara en faisant visiter la maison à Shauzia. Il construit des ponts, surtout au nord du Pakistan. On est ici pour deux ans. Nos familles se disaient qu'on était dingues de venir ici, surtout avec les enfants, mais on n'aime pas le train-train. Nous sommes de Toledo, aux États-Unis. Ce n'est pas la grande aventure, là-bas.

Shauzia était heureuse d'entendre Barbara bavarder. Tant de richesse l'intimidait. Il y avait un salon doté de grandes baies qui donnaient sur le jardin. Les fauteuils avaient l'air d'être moelleux, et une multitude de coussins de toutes les couleurs parsemaient la pièce. Un poste de télévision était allumé, l'émission présentait des personnages de dessins animés qui chantaient de joyeuses chansons anglaises. Et partout des jouets sur le sol.

— Voici la salle à manger, dit Barbara tandis qu'elles passaient dans une pièce meublée d'une longue table en bois et d'une quantité de chaises. Shauzia jeta un regard sur les aliments rangés dans un placard vitré. Et là, c'est notre cuisine.

Elles parcoururent une vaste pièce ensoleillée,

c'était de là que provenaient les délicieux parfums que Shauzia avait sentis en visitant la maison. Des récipients et des boîtes incroyables remplis de biscuits et de gâteaux étaient soigneusement rangés sur des étagères. Un plat débordait de fruits.

Shauzia n'avait qu'une envie : tout regarder, tout sentir, mais Barbara l'emmenait pour continuer la visite.

Elles montèrent à l'étage, encore plus vaste et encore plus encombré de jouets par terre. Des vêtements d'enfants étaient jetés aux quatre coins de la pièce.

— Désolée pour ce désordre, dit Barbara tandis que Shauzia essayait de ne pas donner de coups de pied dans un camion miniature. J'essaie d'apprendre aux enfants à s'occuper de leurs affaires, mais ils refusent purement et simplement de mettre la main à la pâte.

Puis elle montra à Shauzia une ravissante chambre bleue tapissée d'un papier fleuri. Il y avait une salle de bains à l'occidentale, avec une robinetterie rutilante et un coin douche masqué par un rideau bleu.

« Ma famille vivait comme ça, autrefois, pensa Shauzia, il y a bien bien longtemps, c'était avant les bombardements. » Ce souvenir lui donna l'impression qu'il s'agissait de la vie de quelqu'un d'autre.

— Je te montre la douche, dit Barbara. Elle lui expliqua le fonctionnement des robinets. Prends autant de savon que tu veux. Tu n'as qu'à laisser tes vêtements sales par terre. Je vais t'en trouver des propres.

Puis elle la laissa.

Shauzia fut heureuse de pouvoir respirer un peu. Elle effleura du doigt le papier bleu à fleurs, puis la douceur des carreaux sur le mur.

Il y avait un miroir qui surmontait le lavabo. Elle alla s'y regarder.

Elle ne reconnut pas la tête de la personne qu'elle y voyait. Cela faisait des années qu'elle ne s'était pas vue dans un miroir. Il n'y en avait pas, dans la pièce où elle vivait avec sa famille à Kaboul.

Dans son esprit, elle était encore une petite fille en âge d'aller à l'école vêtue d'un uniforme, avec de longs cheveux noirs qui bouclaient à leur pointe. Mais le visage qu'elle avait là devant elle était à présent plus âgé que celui dont elle se souvenait. Il s'était allongé et les joues s'étaient creusées. Shauzia se demandait quelle était cette fille.

Il y eut du bruit au rez-de-chaussée quand les enfants rentrèrent. Shauzia entendit Jasper monter les marches de l'escalier en pierre quatre à quatre et venir geindre à la porte de la salle de bains. Elle abandonna le miroir et le fit rentrer.

— Tu t'en fiches, de ma tête, hein, Jasper ?

Il remuait la queue et cela lui fit chaud au cœur.

Elle se défit de ses vêtements crasseux et grimpa dans le bac à douche. Elle ouvrit les robinets et fit couler de grands torrents d'eau chaude sur elle. Le savon avait un parfum de fleurs et d'épices. Elle le fit mousser, puis se rinça une fois, deux fois, une troisième fois encore, se décrassant de la saleté et de la puanteur qui envahissaient son corps.

— Va donc retrouver les garçons dans le jardin, proposa Barbara quand Shauzia revint dans la cuisine habillée d'un *shalwar kamiz* de femme.

C'était bon d'être propre et habillée de frais. Elle sentait bon, comme le savon. Barbara lui tendit un verre de lait froid.

— Le dîner va bientôt être prêt.

Shauzia et Jasper se rendirent au jardin où les enfants étaient en train de jouer. L'un des deux tenait un camion que l'autre voulait prendre, et ils se mirent à se disputer. Shauzia n'aimait pas trop les regarder. Ils étaient débordants de bonne santé et leurs rires et leurs disputes lui écorchaient les oreilles.

Elle goûta le lait. Un lait onctueux et délicieux. Elle en versa un peu dans la paume de sa main et la tendit à Jasper.

— C'est moi qui le fais, c'est moi qui le fais ! cria l'un des garçons et ils se ruèrent sur elle tous les deux, impatients et avides de l'imiter. Shauzia fit un pas en arrière pour s'échapper mais ils ne la lâchaient pas.

Elle fut sauvée par Tom, qui appela tout le monde à table.

— Shauzia, mets-toi ici.

Barbara installa une chaise pour qu'elle se joigne à eux autour de la longue table en bois. On avait disposé devant elle une splendide assiette jaune et des couverts étincelants. La table était remplie de plats de poulet et de bols de légumes. Barbara lui versa un autre verre de lait tandis que Tom faisait se laver les mains aux enfants.

— Tu t'es déjà servie d'une fourchette ? demanda Barbara.

Shauzia fit signe que oui. Beaucoup d'Afghans mangeaient avec leurs doigts mais sa famille à elle était tout ce qu'il y a de plus moderne. Ils avaient perdu toute leur vaisselle dans un bombardement et avaient dû après ça manger avec leurs doigts, mais Shauzia se souvenait comment se servir d'une fourchette.

Elle regarda Tom et Barbara déplier des serviettes sur leurs genoux, et en fit autant.

Quand elle se fut mise à manger, elle crut que jamais elle ne pourrait s'arrêter. Au début elle essaya d'imiter les adultes et de se servir de sa fourchette comme il fallait, mais cela n'allait pas assez vite, et elle se servit également de ses doigts. Plus rien ne comptait que la nourriture. Barbara ne cessait de la resservir et Shauzia dévora tout, sans vraiment faire de différence entre le poulet, le riz et les légumes.

Quand elle fut un peu rassasiée, elle eut l'idée de garder de quoi manger pour le lendemain. La serviette était exactement ce qu'il lui fallait.

— Tu as encore un peu faim pour le dessert ? demanda Barbara en lui mettant sous les yeux une coupelle remplie de glace au chocolat.

— Je veux de la glace ! geignit Jake, le plus jeune des enfants.

— Finis d'abord tes carottes, dit Barbara.

— Non !

— Juste une cuillerée, dit Tom.

Shauzia regarda Jake qui faisait la tête tout en introduisant un minuscule morceau de carotte dans sa bouche. Barbara lui enleva son assiette et la remplaça par une coupelle de glace. Shauzia regarda la nourriture restée sur l'assiette que Barbara emportait à la cuisine, puis s'intéressa à la glace qu'elle avait devant elle.

C'était si délicieux… elle prit la coupelle à deux mains et lécha la moindre trace de glace.

— Paul, pose ta coupelle, dit Tom à l'aîné.

— Mais elle fait comme ça, elle !

— Ça m'est égal. Tu sais mieux qu'elle comment on fait.

Shauzia se sentit devenir écarlate. Elle avait commis une erreur. Est-ce qu'ils allaient la mettre à la porte ?

— Je t'ai préparé un lit dans la chambre d'amis, dit Barbara. Tu veux que je te montre maintenant ? Comme ça tu pourras aller te coucher quand tu en auras envie.

Shauzia accepta d'un signe de tête et se leva de table, tenant serrée contre elle la serviette remplie de nourriture.

— Jasper va dormir avec moi, cette nuit, annonça Jake.

— Non. Avec moi, répliqua Paul.

Shauzia les laissa à leur dispute. Jasper trottinait à son côté et ils montèrent tous deux à l'étage avec Barbara.

Elle se lava les dents avec une brosse à dents toute neuve, puis découvrit sa chambre. Il y avait un vrai lit, avec des draps, des couvertures et un oreiller. Barbara lui tendit une chemise de nuit. Tout à coup Shauzia se sentit épuisée.

Barbara la prit dans ses bras.

— Dors bien. Ça nous fait très plaisir de t'avoir ici.

Shauzia gardait les bras le long de son corps. Elle ne savait pas très bien si elle devait rendre ces baisers. Elle ne savait pas très bien si elle savait encore comment s'y prendre.

Barbara lui montra comment on éteignait, puis la laissa seule.

Shauzia cacha la nourriture sous le lit. Elle enfila la chemise de nuit et se glissa entre les draps frais. Elle avait le ventre si plein qu'il lui faisait mal, et sa peau sentait encore la bonne odeur du savon de la douche.

Jasper sauta sur le lit et vint s'allonger à ses côtés.

— À mon avis, ils vont nous demander de rester avec eux, lui chuchota-t-elle. Je pourrais leur faire le ménage, et le soir, quand tout le monde sera couché, je pourrais jouer avec les jouets. Je pourrais retourner à l'école et apprendre à… apprendre tout ce que je veux !

Elle se redressa sur un coude et regarda Jasper.

— On ira quand même à la mer. On ira quand même en France. Mais ça te va si on reste ici un tout petit peu ?

Jasper battit de la queue et lui lécha la main.

Shauzia reposa la tête sur l'oreiller moelleux.

— Ah ! si Mme Weera me voyait, là, murmura-t-elle. Puis elle s'endormit en souriant.

Elle se réveilla quelques heures plus tard. Après avoir vérifié que tout le monde dormait encore, elle descendit à pas de loup dans la cuisine. La poubelle était pleine à ras bord de nourriture tout à fait consommable. Elle la sortit, la prit avec elle en haut et la cacha sous le lit.

Plus jamais elle ne saurait dire quand elle aurait de nouveau faim.

9

Les jours qui suivirent se passèrent à manger et dormir.

Shauzia ne s'était pas rendu compte à quel point elle était épuisée. Dans ce paradis enclos à l'abri de quatre murs, ce n'était que fleurs et oiseaux de toutes sortes : pas de tas d'ordures à fouiller pour trouver de quoi survivre.

Elle prenait place trois fois par jour à la grande table pour manger, sans compter les en-cas que Barbara lui confectionnait entre les repas.

— Sens-toi comme chez toi, ici, disait-elle à Shauzia. Nous, tout ce qu'on veut, c'est que tu sois à ton aise.

— Mais pourquoi faites-vous cela ? demanda Shauzia.

— Le salaire de Tom est considérable, ici, expliqua Barbara. Nous aimons partager ce que nous avons. Et puis, nous, les filles, il faut qu'on se serre les coudes !

Elle prit de nouveau Shauzia dans ses bras, et cette fois, Shauzia lui rendit son embrassade.

Parfois des mendiants sonnaient à la porte, Tom et Barbara ouvraient le portail et leur tendaient des oranges ou quelques pièces de monnaie. Le portail, fait d'un lourd métal, était élevé, et Shauzia ne voyait jamais les gens qui sonnaient, mais elle était heureuse qu'ils puissent obtenir quelque secours.

Elle voulait toujours aider dans la maison, mais finalement elle passait son temps à se reposer. Après le petit déjeuner ou le déjeuner elle s'asseyait dans le salon ou sous le porche et ne se réveillait que quelques heures plus tard.

— Je suis désolée, dit-elle à Barbara, un jour où elle avait dormi tout l'après-midi et n'avait pas aidé pour le dîner.

— Tu es épuisée depuis des mois, répondit Barbara en entourant Shauzia de ses bras. Tu vas récupérer et après tu te sentiras mieux.

Shauzia aimait quand Barbara lui souriait. Elle aimait voir Tom et sa femme se bagarrer avec leurs enfants, jouer au camion avec eux ou leur lire des histoires quand ils étaient couchés.

Tom et Barbara lui parlaient dari, mais la seule langue que les garçons connaissaient était l'anglais. Shauzia tournait dans sa tête des dizaines de fois chaque mot nouveau qu'elle entendait, elle les murmurait à Jasper jusqu'à se sentir suffisamment sûre d'elle pour les dire à voix haute. Petit à petit, elle fit de gros progrès en anglais.

Personne n'évoquait l'avenir. Shauzia ne voulait pas poser de questions. Peut-être avaient-ils oublié qu'elle ne faisait pas partie de la famille. Peut-être pensaient-ils déjà à elle comme si elle était l'un de leurs enfants. Elle ne voulait pas leur faire se rappeler que ce n'était pas le cas.

Un matin, Shauzia se réveilla et se sentit vraiment reposée.

— Ça y est, je crois que j'ai récupéré, dit-elle à Jasper. Lui aussi avait bonne mine. Il mangeait à sa faim, et son pelage était devenu tout doux à force d'être lavé et brossé.

— Tu as l'air en pleine forme, ce matin, dit Tom en l'accueillant pour le petit déjeuner.

— Je voudrais vous aider un peu dans la maison, dit Shauzia, contente qu'on fasse attention à elle. Je sais très bien faire le ménage.

— Nous avons déjà une femme de ménage, dit Jake, la bouche pleine d'œufs brouillés.

— Waheeda ne vient que deux fois par semaine, ce n'est pas assez pour maintenir la maison en état, dit Barbara. Si seulement, les garçons, vous pouviez ramasser vos jouets de temps en temps.

— Parle à ma main, ma tête est malade, dit Paul en tendant sa paume ouverte à sa mère.

— Je n'aime pas ça du tout, tu le sais très bien. Il a vu ça dans un jeu vidéo, dit Barbara à Shauzia.

— Tu devrais peut-être arrêter les vidéos quelque temps, suggéra Tom.

Paul abattit sa fourchette sur la table, faisant gicler de l'œuf de tous les côtés. Il fit entendre cette plainte geignarde qui transperçait les oreilles de Shauzia.

Celle-ci profita de la situation pour se resservir d'œufs et les glisser, ainsi que quelques tartines, dans sa serviette. Le tas de nourriture sous son lit s'accroissait tous les jours. Si Tom et Barbara lui demandaient de s'en aller, elle aurait de quoi se nourrir pour un bon moment. Peut-être jusqu'à ce qu'elle atteigne la mer.

— J'ai envie d'emmener les garçons à la piscine, dit Barbara à Shauzia tandis qu'elles préparaient le déjeuner toutes les deux. Nous allons à l'American Club. J'aimerais bien t'emmener, mais seuls les expatriés ont le droit d'entrer. Tu sais ce que c'est, les étrangers… Ça ira, ici, pour toi, toute seule pendant quelques heures ?

Shauzia fut surprise de la question. Après tout, elle s'était bien occupée toute seule pendant des semaines.

— Ça ira très bien, dit-elle.

Elle les salua tandis que la voiture s'éloignait et referma le portail derrière eux.

Elle était presque rentrée dans la maison quand la sonnerie retentit.

— N'ouvre à personne, avait dit Barbara. J'ai une clé du portail, on ouvrira nous-mêmes.

Shauzia était sur le point d'obéir aux instructions

de Barbara, mais la sonnerie retentit à nouveau. Elle ne pouvait tout de même pas laisser quelqu'un à la porte.

Elle alla ouvrir le portail. Une Afghane avec un bébé dans les bras se tenait là, la main tendue.

— Tu n'aurais pas quelque chose pour mon bébé ?

— Si. Venez, entrez dans le jardin.

Shauzia courut vers la maison et remplit un sac en plastique de fruits et de biscuits qu'elle trouva dans le placard. Elle le tendit à la femme qui la remercia chaleureusement et repartit. Une fois dans la maison, Shauzia était à peine installée sur le sol du salon, s'apprêtant à jouer avec les jouets des garçons, que la sonnerie retentit à nouveau.

Cette fois, c'était un groupe d'enfants chargés de sacs pleins d'ordures, à la recherche de cartons d'emballage ou de canettes vides pour compléter leur collection.

Shauzia eut une idée.

— Venez, dit-elle. Venez jouer ici.

Elle alla chercher de quoi manger pour tout le monde et leur montra les jouets. Les enfants eurent l'air de ne pas savoir quoi en faire. Shauzia saisit une petite main et fit rouler la voiture par tout le salon.

On sonna à nouveau, deux ou trois fois. Shauzia fit entrer une femme enceinte et l'installa à l'étage sur l'un des lits dans une chambre fraîche et à l'ombre. Un vieil homme but un verre de lait et s'assoupit sous un arbre du jardin.

D'autres femmes et enfants vinrent sonner à la porte. Shauzia les invita tous à entrer. « Les gens qui vivent ici aiment partager », expliquait-elle. Jasper les saluait avec joie et tout le monde se sentait bien accueilli.

Shauzia distribua toute la nourriture jusqu'à ce que les placards et le réfrigérateur soient entièrement vides. Quand il n'y eut plus rien, elle distribua des jouets, des vêtements, des couvertures – tout ce dont les mendiants pouvaient avoir besoin.

Avec tout ce petit monde en train de manger, de jouer aux voitures et avec le chien, on aurait dit qu'une grande fête était donnée dans la maison.

— Tiens, un oreiller pour ton dos, dit-elle à l'une des femmes tout en lui tendant une paire de sandales de Barbara pour remplacer celles qu'elle portait et qui étaient en pièces. Elle fit monter les gens dans la salle de bains pour qu'ils puissent se laver et dénicha plusieurs savonnettes de réserve dans un placard, dont elle les gratifia également.

Shauzia était en haut dans la salle de bains, elle aidait deux petites filles à se doucher et à se laver les cheveux, quand Barbara et les garçons rentrèrent. Les fillettes gloussaient si fort avec les bulles de savon dans leurs cheveux que Shauzia ne fit même pas attention aux hurlements que poussa Barbara. Elle hurla une seconde fois, et Shauzia l'entendit enfin.

— Mais qu'est-ce qui se passe, ici ? cria Barbara. Shauzia !

Shauzia, les mains dans la chevelure de la petite fille, répondit :

— Je suis en haut !

Deux secondes plus tard, Barbara était dans la salle de bains.

— Tu as vu comme ils sont propres ? dit Shauzia en enveloppant les fillettes dans des serviettes de bain.

— Mais qui sont tous ces gens ? Qu'est-ce que tu fabriques ?

Shauzia lui adressa un grand sourire.

— Je partage. Comme tu as partagé avec moi.

— Tu partages ?

— Ils ont frappé à la porte. Ils avaient besoin de plusieurs choses.

— Et tu les as invités à entrer, tout simplement ?

Shauzia ne voyait pas le problème.

— Je pensais que tu serais contente. Je pensais que c'est ce que tu aimes faire. Tu as tant de choses.

— Où sont leurs vêtements ? demanda Barbara dont le visage se durcit quand elle vit les fillettes éclabousser tout le sol de la salle de bains.

Shauzia désigna le lavabo. Elle avait mis les vêtements à tremper avant de les frotter. Elle avait l'intention de donner des draps aux petites en attendant que le soleil de Peshawar sèche leurs habits.

Barbara essora les vêtements et les tendit à Shauzia.

— Tu vas me faire le plaisir de les rhabiller, dit-elle, puis elle redescendit. Shauzia l'entendit qui faisait sortir les autres.

— Maman ! Il y a une dame qui dort dans mon lit ! brailla Jake, et deux minutes plus tard la femme enceinte était expulsée de la maison à son tour.

Shauzia aida les fillettes à enfiler leurs vêtements humides puis elle les poussa vers le portail.

— Je suis désolée, leur dit-elle.

— C'était rigolo, dit l'une d'elles. On sent bon, maintenant.

Shauzia les regarda qui s'éloignaient dans l'allée, traînant leurs sacs remplis de déchets derrière elles.

— Non, mais regarde-moi ce bazar, dit Barbara en ramassant les jouets et la nourriture qui jonchaient le sol.

— Je vais t'aider, dit Shauzia qui se pencha pour ramasser une assiette.

Barbara lui mit la main sur l'épaule.

— Tu en as fait assez. S'il te plaît, va dans le jardin. Le visage et la voix de Barbara n'avaient plus cette chaleur d'avant.

Tom rentra une heure plus tard. Shauzia resta dehors, mais elle entendait leurs éclats de voix.

— Plus rien à manger ! Des tas de choses qui ont disparu, des jouets, des vêtements. Des inconnus dans nos lits !

L'instant d'après, Tom sortit avec les garçons.

— On va acheter des pizzas ! dit Jake. Shauzia et Jasper peuvent venir avec nous ?

— Non, on en a pour deux minutes, répondit Tom, et la voiture démarra.

Ce soir-là, Shauzia mangea de la pizza pour la première fois. Cela lui plut beaucoup, mais l'ambiance à table était si tendue qu'elle en profita à peine.

Après le dîner, Shauzia fit la vaisselle. Barbara et Tom firent monter les garçons pour les coucher. Shauzia perçut encore des cris, mais cette fois c'était un des garçons qui hurlait.

Deux minutes plus tard, Tom redescendit.

— Shauzia, tu peux venir une minute ?

Ils étaient tous dans sa chambre. Une fourmilière s'agitait sur le sol et sous son lit.

— Pourquoi est-ce que tu caches de la nourriture ?

— Comme ça, j'aurais eu quelque chose à manger quand… Elle s'interrompit.

— Quand quoi ?

— Quand je n'aurai rien d'autre.

— Je vais chercher le balai, dit Tom après un lourd silence.

Il balaya le sol qui était infesté de nourriture pourrie ou à moitié dévorée par les fourmis. Barbara lava le sol à grande eau. Shauzia se tenait dans un coin de la pièce, elle les regardait et se sentait minuscule.

Le lendemain matin, le petit déjeuner fut retardé : on attendait que Tom revienne de l'épicerie. Ils ne mangèrent qu'au milieu de la matinée.

— On aimerait te trouver des vêtements neufs,

109

annonça Barbara une fois qu'ils furent tous réunis autour de la table. On aimerait que tu aies des choses neuves à emporter au camp de réfugiés.

Shauzia reposa son verre de lait. Son visage restait impassible.

— Ce n'est pas que nous n'avons pas été heureux de t'avoir ici, ajouta Barbara, mais nous avons besoin de nous retrouver en famille.

— Je suis allé voir un de mes amis, ce matin, il travaille pour une de ces associations humanitaires, dit Tom. Il m'a parlé d'une association pour veuves et orphelins pas comme les autres dans un camp de réfugiés. La femme qui s'en occupe a l'habitude d'accueillir des enfants à l'improviste.

— Tu pourras aller à l'école, là-bas, dit Barbara avec chaleur. L'ami de Tom dit qu'ils ont même un programme de formation pour infirmières.

— Il y a tant de petits Afghans comme toi, dit Tom. Nous ne pouvons pas nous occuper de tout le monde, c'est impossible.

Shauzia se redressa et releva le menton. Elle n'avait aucunement besoin qu'ils s'occupent d'elle.

— Les enfants adorent ton chien, dit Barbara. Nous serions heureux de lui offrir le gîte. Après tout, quel genre de vie il va pouvoir mener dans le camp ?

Jasper se rapprocha de Shauzia et posa sa patte sur son genou.

— Très bien, dit Barbara d'un ton sec. Tu préfères des vêtements de garçon ou de fille ?

— De garçon, merci, répondit Shauzia.

Puis elle se mit à manger sans dire un mot. Il fallait profiter de la nourriture. Et la mer était encore bien loin.

Elle tint Jasper enlacé durant tout le trajet en voiture jusqu'au camp. Elle sentait encore le bon parfum de savon sur ses vêtements. À ses pieds elle avait un sac qui contenait un *shalwar kamiz* de garçon, des bonbons, une petite voiture à laquelle il ne restait que deux roues et que Jake lui avait donnée, ainsi qu'une petite savonnette parfumée.

Barbara et les enfants restèrent à la maison tandis que Tom accompagnait Shauzia en empruntant la même route que celle qu'elle avait suivie pour venir à Peshawar. Il faisait attention à la route et ne prononça pas un mot de tout le trajet.

« Je pourrais le pousser hors de son siège », se dit Shauzia, et elle s'imagina Tom expulsé de la voiture et roulant sur la chaussée. Elle pourrait se mettre au volant et conduire jusqu'à la mer. Ce ne devait pas être difficile de conduire. Les conducteurs sans expérience, ce n'était pas ce qui manquait, à Peshawar. Elle en serait un de plus, voilà tout.

Mais elle n'en fit rien. Elle ne poussa pas Tom sur la chaussée, et elle était encore à bord de la voiture quand ils franchirent la porte d'entrée du camp de réfugiés et s'engagèrent dans le labyrinthe de maisons en terre.

— Tu seras bien, ici, dit Tom après avoir garé sa voiture devant l'entrée de l'Association des veuves.

Il y a plein d'enfants, et on m'a dit que la femme qui s'en occupe sera heureuse de t'accueillir.

Shauzia et Jasper descendirent de la voiture.

— Tu veux que je vienne avec toi ? demanda Tom.

Shauzia secoua la tête. Il était correct de remercier, ce qu'elle fit, et sincèrement.

Mais quand elle vit le véhicule s'éloigner, elle ne put s'empêcher de se dire que tout ce que Tom avait fait, c'était de la sortir d'une prison pour la renvoyer dans une autre.

— Shauzia est revenue ! Un flot d'enfants sortit en hurlant de la maison de l'Association et les entoura, elle et Jasper. Jasper leur sauta au cou et agita la queue si fort qu'on ne la voyait presque plus.

Shauzia fut à nouveau saisie par l'odeur infecte du camp. Elle ne pouvait déjà plus profiter du délicieux parfum de savon de ses vêtements et déjà les senteurs fleuries s'étaient évaporées de son corps.

Elle ouvrit son sac et jeta les bonbons, la petite voiture et le *shalwar kamiz*. Elle conserva la savonnette.

Elle s'en servirait pour Jasper.

Quand ils seraient au bord de la mer.

10

Des champs et des champs de fleurs violettes, des hectares de fleurs violettes. Un soleil éclatant dans un ciel bleu azur. Un endroit où tout avait toujours été heureux.

L'image était complètement froissée. Elle était restée pliée au fond de la poche de Shauzia durant des semaines. Les coins étaient cornés.

— Je ne comprends pas, Jasper, dit Shauzia. Ils étaient assis au pied d'un mur à l'ombre. J'ai contemplé cette image des dizaines de fois en m'imaginant assise là-bas, au milieu des fleurs. Pour moi, c'était tellement évident. J'avais l'impression que c'était un endroit magique. Et maintenant, c'est juste une image froissée d'un magazine.

Elle la tendit à Jasper. Il ne daigna même pas lever la tête. Il la connaissait par cœur.

— Tu as peut-être raison, reconnut-elle. Je devrais peut-être ne plus y penser. Ça prendra des années avant que j'arrive à réunir l'argent, et je ne sais pas si j'aurai le courage d'essayer à nouveau. L'idée de tout recommencer est affreuse. Et puis, qu'est-ce qu'un champ de fleurs violettes a de si extraordinaire ? C'est sûrement plein d'épines. Et de serpents.

Elle fut sur le point de déchirer le papier. Jasper leva la tête et émit un grondement sourd. Alors elle replia l'image et la remit dans sa poche.

Elle regarda le mur en terre de l'autre côté de la ruelle.

— Mais je ne peux pas rester ici. Je ne peux pas passer ma vie avec ces murs sous les yeux.

Elle s'allongea pour se mettre à la hauteur de Jasper.

— Je vais te confier un secret, dit-elle à voix basse. Je veux quand même aller en France. Je veux quand même aller à la mer. Mais je ne veux plus être seule. Comment est-ce que je peux faire ?

Jasper lui donna un coup de langue sur le nez. Ce n'était pas une réponse, mais elle se sentit réconfortée.

Personne ne parla à Shauzia de son absence. Mme Weera avait dû demander aux autres d'être discrets. Les petits lui sautèrent au cou et lui dirent qu'elle leur avait manqué, comme ils avaient fait avec Jasper, mais personne ne lui demanda ce qui s'était passé et pourquoi elle était de retour.

Au début, elle espéra qu'on lui poserait des questions, surtout les garçons de son âge. Elle avait envie de se bagarrer avec quelqu'un.

Au fur et à mesure que les jours s'écoulaient, pourtant, sa colère s'estompa. Elle passa le plus clair de son temps à la recherche d'un peu d'ombre dans le camp.

Mme Weera était toujours aussi casse-pieds, mais d'une façon tout à fait différente.

Elle ne lui confiait plus jamais rien à faire.

— Bientôt, tu voudras repartir à la mer, ma chère, disait-elle quand Shauzia prenait des bonbonnes d'eau pour aller les remplir à la pompe installée par les Nations unies de l'autre côté du camp. Garde des forces pour ce jour-là.

Mme Weera prenait les bonbonnes et appelait un garçon pour qu'il aille chercher l'eau.

Se prélasser pendant que les autres travaillaient avait été drôle durant un temps, mais à présent Shauzia s'ennuyait tellement qu'elle n'en pouvait plus.

— Tu es là ? demanda Mme Weera à Shauzia tout en traversant le camp à grandes enjambées. Je me disais que tu devais trouver le temps long. Une fille énergique comme toi doit s'ennuyer à rester assise comme tu le fais.

Et elle continuait à marcher à grands pas de géant.

Shauzia se leva. Elle voulut crier quelque chose, mais rien ne lui vint à l'esprit, et elle se contenta de donner un coup de pied dans le baraquement. Elle se fit mal, ce qui la mit un peu plus en colère, et aggrava son humeur ; c'est que non loin de là deux garçons avaient assisté à la scène.

Ils jouaient au football avec une petite pierre en guise de ballon et interrompirent leur jeu pour se moquer d'elle.

— Qu'est-ce que vous regardez ? leur cria Shauzia. Et pourquoi est-ce que vous perdez bêtement votre temps à jouer alors qu'il y a tant de choses à faire ici ? Regardez ces bonbonnes d'eau vides ! Allez donc les remplir. Faites ce que je vous dis !

Tout en parlant, Shauzia se rapprochait d'eux, et à la fin elle leur hurlait dessus à quelques centimètres de leur visage. Elle s'arrêta pour reprendre son souffle et ils décampèrent avec les bonbonnes pour se diriger vers la pompe.

— Je me suis bien amusée, dit Shauzia à Jasper. Elle regardait le camp d'une autre manière. Mme Weera pense qu'elle s'occupe bien des choses : d'accord, mais il y a des tas de choses ici que personne ne fait correctement. Tout ce qu'elle fait, moi je peux le faire mieux. Viens.

Elle se mit en marche, puis se rendit compte que Jasper n'avait pas bougé d'un pouce. Il était assis sur son derrière et la regardait.

Elle se pencha vers lui et lui gratta l'oreille.

— Ne me regarde pas comme ça. On va aller voir la mer. On va aller en France, et on enverra une lettre à Mme Weera où on lui écrira qu'on est drôlement heureux d'être loin d'elle. Mais on ira quand je le déciderai, pas quand Mme Weera dira que c'est bon, on peut y aller. Et en fait, je n'ai pas envie de partir maintenant, c'est tout.

Shauzia se lança à corps perdu dans toutes sortes de tâches. Plutôt que d'obéir aux ordres de Mme Weera, elle s'inventait des projets.

Elle organisa des chasses aux trésors avec les autres enfants. Ils devaient se rendre dans divers endroits du camp et trouver des planches ou des bouts de tuyaux, ou quoi que ce soit d'autre de ce genre qui pouvait servir.

Elle ouvrit une classe de calcul pour les petits, se servant de pierres pour leur apprendre comment dessiner les nombres.

— Un jour, vous travaillerez, leur disait-elle. Si vous ne savez pas compter, vous ne saurez pas si votre chef vous vole.

Elle allait chercher à la réserve les rations de farine et l'huile pour l'Association et faisait la queue pour les rations d'eau à la pompe. Elle évitait Mme Weera et celle-ci la laissait tranquille.

Elle se fit même une amie. Farzana avait quelques années de moins que Shauzia, et elle venait d'arriver dans l'Association. Elle avait vécu dans un autre endroit du camp avec sa tante. Mme Weera l'amena à l'Association après la mort de sa tante, car elle n'avait plus personne pour s'occuper d'elle.

— Ce n'était pas exactement ma tante, expliqua Farzana à Shauzia. J'avais une vraie tante, mais elle est morte. On m'a confiée à différentes personnes. Je suis contente d'être ici, il y a tellement de monde. Je ne veux plus changer d'endroit quand quelqu'un meurt.

Farzana et Shauzia étaient souvent ensemble quand Shauzia avait une course à faire en dehors du baraquement. Elle était heureuse d'avoir une nouvelle amie. C'était un peu comme si elle avait retrouvé Parvana.

Tout dans le camp était d'une grande fragilité, les maisons comme les gens. Chaque jour, on voyait des hommes et des femmes assis contre les murs, les yeux dans le vague. D'autres parlaient tout seuls. Beaucoup avaient l'air extrêmement triste, au point que Shauzia se demandait s'ils souriraient un jour de nouveau.

« Il faut que je quitte cet endroit, se disait-elle. Je ne veux pas finir comme eux. »

Les rues et les murs de terre retenaient la chaleur de l'été.

— J'ai l'impression d'être une pile de *nans* qui sortent du four, dit Farzana un après-midi où il faisait particulièrement chaud.

Aucun souffle. Elles restaient assises à l'endroit le plus frais qu'elles pouvaient trouver, le plus loin possible des autres, mais ce n'était pas très satisfaisant. Si elles avaient besoin d'un peu d'intimité elles devaient se confronter à la puanteur des toilettes en plein air. Et là où cela sentait moins mauvais, il y avait foule.

Les bébés étaient agités, et beaucoup d'enfants souffraient de douleurs au ventre. Les baraquements de l'Association étaient toujours remplis de cris et de pleurs.

— À la mer il fera frais, dit Shauzia comme pour elle-même.

— C'est quoi, la mer ? demanda Farzana.

— La mer d'Arabie, vers Karachi, expliqua Shauzia. Elle débouche sur l'océan Indien.

— C'est quoi, un océan ? reprit Farzana.

Shauzia n'en revenait pas.

— Un océan c'est, euh…, c'est de l'eau, beaucoup d'eau, à un endroit.

Farzana resta silencieuse quelques minutes.

— Il y a un océan dans le camp. Je t'y emmènerai ce soir, quand il fera frais. C'est près de là où j'habitais avec ma tante.

Elles s'endormirent à la faveur de l'ombre. Si Mme Weera braillait ses ordres quelque part dans le camp, elles étaient trop heureuses de ne pas l'entendre.

— Voilà notre océan, dit Farzana un moment plus tard. Elles se tenaient devant un bassin carré en ciment qui devait mesurer quelques pas de long. Il était rempli d'eau. Et aussi rempli d'ordures, d'écume verte et d'eaux d'égout. Des nuées de moustiques et autres insectes voletaient à la surface.

Shauzia vit une femme plonger un seau dans cette infection et en retirer de l'eau.

— Ce n'est pas un océan, dit-elle. Un océan, c'est tellement d'eau qu'on ne voit même pas jusqu'où ça va. C'est profond, c'est bleu, ça sent bon, et c'est là que je vais aller.

— J'aimerais bien voir quelque chose comme ça, dit Farzana. Emmène-moi avec toi.

— Je ne peux pas. C'est un très long voyage et j'aurai assez à faire toute seule. Et puis, je ne vais pas m'arrêter là-bas. Je vais continuer, et je ne veux être ralentie par personne. Comment est-ce que je pourrais faire, avec toi ?

Farzana tourna le dos à Shauzia.

— Je n'ai pas besoin qu'on m'emmène où que ce soit. Je peux aller à la mer toute seule.

Shauzia la regarda s'éloigner. La petite fille tenait sa tête bien droite, mais Shauzia comprit qu'elle l'avait blessée.

— Je devrais peut-être lui dire oui, dit-elle à Jasper. Je mentirais, mais au moins ça lui ferait plaisir pendant un petit moment.

Parfois, c'était difficile de savoir exactement ce qu'il y avait de mieux à faire.

Shauzia courut après son amie.

— C'est bon, dit-elle. Je t'emmènerai. On ira à la mer ensemble.

11

Shauzia balaya d'un geste les mouches qui se désalté-
raient à la sueur de son visage. Autour d'elle, tous en
faisaient autant.

— Chaque fois qu'on vient ici, on doit attendre,
dit un homme à côté d'elle. Vous croyez qu'on n'a
que ça à faire ? Je devrais être en train de chercher
du travail.

— Il y a du travail, dans le coin ? demanda Shauzia.

— Oui, à Peshawar, répondit l'homme.

Shauzia chassa de nouveau les mouches et replongea dans ses pensées. Elle n'était pas prête à retourner à Peshawar.

Elle était assise avec des centaines d'autres personnes dans le stock central du camp. Ils attendaient la
distribution de farine.

— Pourquoi est-ce que je n'irai pas seulement en fin de journée ? avait-elle demandé à Mme Weera.

— Parce qu'en fin de journée, notre part risque de s'être envolée en fumée. Tu dois être là-bas pour t'en emparer dès qu'elle arrive.

La farine était livrée par un gros camion appartenant à une association humanitaire.

Vers la fin de l'après-midi, l'un des gardiens du stock annonça à la foule :

— Pas de farine aujourd'hui. Rentrez chez vous.

— Comment ça, pas de farine ? s'écria un homme. Je la vois par la fenêtre. J'ai des enfants à nourrir.

— Celle-là est réservée à d'autres, dit le gardien. Il n'y en a pas assez pour vous aujourd'hui. Rentrez chez vous.

Il n'y avait plus rien à faire. Shauzia et les autres repartirent.

— On pourra se débrouiller pendant quelques jours, dit Mme Weera quand Shauzia lui raconta ce qui s'était passé.

— Comment ? demanda celle-ci.

L'image des étagères et du réfrigérateur pleins de Tom et Barbara lui traversa l'esprit. Elle essaya de penser à autre chose.

— On devrait porter plainte.

— On se débrouillera, répéta Mme Weera, mettant un terme à la discussion.

Ils se débrouillèrent en diminuant les portions de nourriture.

Shauzia reprit le chemin du stock le deuxième jour

de distribution de farine, à la fin de la semaine. Le même scénario se produisit, et elle rentra à l'Association des veuves les mains vides.

Quand cela se reproduisit pour la troisième fois, elle en eut assez. Et elle avait faim.

— Je devrais retourner à la ville, dit-elle à Mme Weera en grognant. Je pourrais trouver un travail et acheter quelque chose à manger.

— Et comment tu apporterais la nourriture jusqu'ici ? Tu n'as aucune suite dans les idées, Shauzia.

— Et pourquoi est-ce que j'apporterais la nourriture ici ? Je ne suis pas responsable de tous ces gens !

— Eh si ! Et moi aussi. Nous avons deux jambes solides, deux bras valides, deux yeux qui voient, et un esprit qui fonctionne correctement. Nous avons une responsabilité envers ceux qui n'ont pas ça.

— Eh bien ! bougeons-nous, s'écria Shauzia. Tout le monde ici a faim, et nous, on reste assises sur nos deux jambes solides sans rien faire.

— J'ai rencontré le directeur du camp, répliqua Mme Weera. Il n'y a rien à faire. L'association humanitaire qui nous envoie la farine dépend de dons. S'ils n'ont pas d'argent, comment veux-tu qu'ils achètent de la farine ?

— Mais de la farine, il y en a dans le stock, qui n'attend que nous. Je l'ai vue par la fenêtre.

— Cette farine-là doit être réservée à d'autres gens.

— Alors on va crever de faim ?

— J'ai passé un appel à d'autres organisations de

123

femmes, et je suis sûre qu'elles vont nous venir en aide. Jusque-là, il faut être patientes.

Shauzia tapa du pied sur le sol, exaspérée.

— On déteste ça, être patients, hein, Jasper ? Celui-ci secoua la queue en signe d'assentiment.

Shauzia se souvint des descentes qu'ils faisaient dans les poubelles des grands hôtels. Elle eut une idée.

— Les gardiens ne surveillent que la porte d'entrée, dit-elle à Farzana. Ils ne s'occupent pas de la porte de derrière. Ils sont trop paresseux.

Elles mirent au point un plan d'action. Elles avaient besoin d'une douzaine d'enfants plus âgés de l'Association. Tous répondirent présents. Ils étaient tous affamés.

Ils quittèrent les baraquements tôt le lendemain matin, le ciel commençait à peine à s'éclaircir. Jasper les accompagnait. Aucun adulte ne les vit sortir.

Farzana et l'un des petits se postèrent devant le magasin du stock. Leur tâche était de distraire les gardiens en leur parlant et leur posant des questions. Le reste de la troupe se dirigea vers l'arrière du magasin. Shauzia trafiqua la fenêtre à l'aide d'un couteau qu'elle avait emprunté à la cuisine de l'Association.

Quelques minutes plus tard des sacs de farine étaient évacués par la fenêtre et placés dans le petit chariot que les enfants avaient pris avec eux.

Shauzia ne sut jamais comment ils s'étaient fait repérer. Elle ne se souvenait pas d'avoir aperçu quiconque sur leur chemin, mais bien des gens, dans le camp, n'avaient rien d'autre à faire que d'espionner.

Le chariot des enfants était à peine rempli à moitié de sacs de farine quand les premiers adultes firent irruption. Les hommes les plus costauds repoussèrent brutalement les enfants et tentèrent de s'emparer de la farine du chariot. Des enfants durent se jeter sur les sacs pour les protéger.

Le bruit que faisaient les adultes attira les gardiens, le bruit que faisaient les gardiens attira d'autres personnes encore qui vinrent jusqu'au hangar.

En l'espace de ce qui sembla ne durer que quelques secondes, une vaste foule était déjà présente. Tout le monde poussait la fenêtre du magasin et tentait de briser la porte d'entrée pour atteindre la farine. La foule attire toujours la foule, et en peu de temps c'était bel et bien l'émeute.

Une quantité de gens affamés et désespérés grouillaient autour de l'entrepôt. Shauzia pensait à Farzana et aux autres enfants et était affolée, mais elle ne pouvait les rejoindre, tant la foule des adultes était compacte, hurlant de faim et de rage.

C'en était trop des hurlements et des gens qui poussaient. Des personnes donnaient des coups de bâton contre les parois du magasin et, quand ils n'arrivaient pas à atteindre le stock, ils se donnaient des coups entre eux.

Shauzia avait un sac de farine qu'elle tenait bien serré contre elle. Elle s'en servit comme d'un bouclier et s'avança dans la cohue.

Quelqu'un se mit à tirer le sac. Shauzia leva les yeux. Un homme qui faisait deux fois sa taille était en train d'essayer de lui voler sa farine.

— J'ai des enfants à nourrir, ils ont faim ! hurlait-il.

— Et moi, je n'ai pas faim ? qu'est-ce que vous croyez ? hurla Shauzia en retour.

Il était plus grand et plus fort qu'elle. Il leva un bras et abattit son poing sur la tête de Shauzia. Elle s'effondra à terre. Sa tête heurta le sol avec un bruit sourd et elle entrevit l'homme qui s'enfuyait avec sa farine.

Elle voulut se relever et courir après lui. Elle voulut le frapper de la même façon qu'il l'avait frappée et reprendre la farine dont elle avait besoin pour elle et ses amis. Mais cette idée ne parvenait pas à passer de son cerveau à son corps. Tout ce dont elle était capable était de rester étendue sur le sol et de voir les jambes des émeutiers courir de tous côtés.

De nombreux sacs de farine avaient éclaté dans la bagarre. Autour de Shauzia, le sol faisait penser à Kaboul en hiver, quand la neige tourbillonnait dans l'air et se déposait sur le sol.

La foule ne prêta aucune attention à Shauzia. Son corps fut roulé dans tous les sens tandis que les gens se précipitaient autour d'elle et l'enjambaient, lui marchant dessus bien souvent comme s'il s'agissait d'une bûche.

Une personne corpulente marcha sur sa jambe. Shauzia sentit que quelque chose se cassait. Elle hurla de douleur. Ses cris se perdirent parmi les hurlements des émeutiers.

Elle reçut un autre coup sur la tête, puis tout devint noir.

Elle était inconsciente quand Jasper la retrouva enfin : il était posté devant elle, aboyant furieusement à tous ceux qui s'approchaient, la protégeant de la foule enragée.

12

Shauzia avait l'impression que sa tête était enfouie sous des tonnes de pierres. Les bruits autour d'elle lui paraissaient étranges, et elle avait un mal fou à ouvrir les yeux. Elle parvenait juste à en entrouvrir un, mais c'était insuffisant pour voir vraiment. Cela lui demandait beaucoup d'efforts et elle replongea dans le noir.

Un moment plus tard, elle put rester éveillée suffisamment longtemps pour émettre un son. Sa poitrine et sa tête lui faisaient affreusement mal ; et qu'est-ce qu'elle avait à la jambe ? Elle ouvrit la bouche juste assez pour murmurer quelques mots. Puis elle s'évanouit.

— Shauzia.

Shauzia entendit quelqu'un l'appeler du bout d'un très long tunnel.

— Shauzia.

Petit à petit, le tunnel se raccourcit.

— Très bien, Shauzia. Maintenant, il est temps de te réveiller.

Il y avait quelque chose de familier dans cette voix, mais le cerveau de Shauzia fonctionnait trop lentement pour pouvoir repérer ce que c'était.

— Shauzia ! Réveille-toi ! Ça suffit, les bêtises !

Ce fut le déclic. Un peu de l'obscurité qui régnait dans le cerveau de Shauzia se dissipa. Elle parvint à ouvrir suffisamment un œil pour voir Mme Weera penchée sur elle.

— Qu'est-ce…

— Tu es dans un hôpital, dit Mme Weera. On t'a mis quelques pansements, mais rien de grave. Tu vas bientôt reprendre ta place sur le terrain.

L'accueil brusque de Mme Weera fut dur à entendre. Shauzia bougea faiblement les bras.

— Non, non, inutile de me remercier, dit Mme Weera en prenant la main de Shauzia entre ses deux poignes solides.

Et, durant quelques secondes, Shauzia se sentit plus en sécurité que jamais.

Puis Mme Weera poursuivit.

— Et je sais que tu es embêtée d'avoir causé tant de problèmes. On s'occupera de ça plus tard. Pour l'instant, repose-toi et reprends des forces. Tu seras remise sur pied avant de t'en rendre compte.

Shauzia sentit le lit qui bougeait tandis que

Mme Weera se levait. Elle ferma les yeux. Elle était contente que Mme Weera ne se soit pas attardée.

— Vu que vous avez Shauzia avec vous pendant quelque temps, pourquoi ne pas lui faire commencer sa formation d'infirmière ? mugit-elle en quittant la chambre et entrant comme un ouragan dans le bureau de l'hôpital.

Shauzia n'eut pas la force de protester. Est-ce que Mme Weera menait toujours son monde comme elle l'entendait ?

Le lendemain, Shauzia avait un peu moins mal à la tête et elle parvenait à ouvrir les yeux suffisamment pour voir le gros plâtre qui entravait sa jambe.

— Tu as eu plusieurs côtes cassées, lui dit l'une des infirmières. Tu vas encore avoir mal à la poitrine durant quelque temps, mais ça va passer. On avait peur pour ta tête, mais tu dois avoir un crâne solide. Apparemment, tu n'as rien. Tu devrais voir ton visage. Il est tout contusionné.

— J'ai mal partout, dit Shauzia. Ne disposant pas de miroir, elle se moquait bien de ce à quoi elle ressemblait. Vous pouvez me donner quelque chose contre la douleur ?

— Tu dois faire avec, dit l'infirmière. On n'a pas beaucoup d'antalgiques. On n'a pas beaucoup de quoi que ce soit. La douleur va passer, à force.

— Et ma jambe, ça ira ?

Shauzia avait presque peur d'entendre la réponse.

— Tu as une fracture simple. Six semaines de plâtre et tout sera réparé.

— Six semaines !

— Moins fort, s'il te plaît. Tu n'as nulle part où aller ?

— Bien sûr que si. Vous croyez que ça m'amuse, d'être ici ?

— J'imagine que personne n'a envie d'être ici, mais on y est.

— Bon. Je n'ai aucune raison de rester là, dit Shauzia d'un ton morne.

— Personne ne te retient, tu n'es pas en prison, dit l'infirmière tout en vérifiant les pansements de la femme qui était dans le lit d'à côté.

— Comment est-ce que je vais marcher, avec cette jambe ?

— Elle est cassée, elle n'est pas amputée. Arrête de te plaindre. Tu as plus de chance que bien d'autres gens.

L'infirmière s'éloignait et Shauzia ne pouvait lui répondre sans crier dans tout l'hôpital. Elle l'aurait fait volontiers si elle ne s'était pas sentie trop faible.

— C'est Mme Weera qui a dû lui apprendre le métier, grommela-t-elle.

— Essaie d'être patiente, dit la femme du lit d'à côté.

C'était plus un amas de pansements qu'une femme. Les pansements lui couvraient tout le visage à l'exception d'un œil. Sa voix était rauque et vieillie.

— Tout guérit avec de la patience.

— La patience te prend plus que ce que tu n'as, répliqua Shauzia. La patience ne guérit jamais rien.

Tout ce qu'elle fait, c'est de vous faire oublier que vous avez un jour voulu mieux. La patience vous change en pierre.

— Quand il faut forcément choisir entre patience et impatience, vous trouvez finalement que la patience est plus facile.

— Tant mieux pour vous. Vous êtes vieille. Vous ne feriez sans doute pas autrement, même si vous aviez le choix. Je suis jeune. J'ai des projets.

— Quel âge as-tu ?

— Quatorze ans.

— J'en ai seize, dit la femme.

Shauzia resta silencieuse durant un bon moment. Puis elle demanda :

— Qu'est-ce qui t'est arrivé ?

— Un homme m'a jeté de l'acide à la figure.

— Mais pourquoi ?

— Il n'aimait pas ce que je faisais. Je me croyais en sécurité dans un camp de réfugiés, mais je me dis qu'il n'y a aucun endroit au monde où je puisse être en sécurité.

— Qu'est-ce que vous faisiez qu'il n'aimait pas ?

— J'apprenais à lire à sa fille.

— C'était un taliban ?

— Qu'est-ce que ça peut faire ? Tous les hommes avec des idées pareilles ne sont pas des taliban. J'ai mal quand je parle. Laisse-moi, j'ai besoin de me reposer, maintenant.

Shauzia se tut, puis s'endormit à son tour.

Quand elle se réveilla, le lit à côté d'elle était vide.

Elle attrapa l'infirmière par le bras quand celle-ci passa.

— Où est-elle ? demanda-t-elle en désignant le lit de la tête.

— Elle n'y est pas arrivée.

— Vous voulez dire qu'elle est morte ?

— Laisse-moi tranquille.

— Vous vous en fichez, c'est ça ? Vous n'avez même pas l'air triste, qu'elle soit morte. Vous n'avez rien fait pour l'aider !

L'infirmière se dégagea d'un coup sec.

— Tu sais combien de morts on voit ici ? Comment veux-tu que je pleure chaque fois ? Tout ce que tu sais faire, c'est de rester allongée là à te plaindre. Comment oses-tu me critiquer ?

— Ça suffit.

Une infirmière plus âgée s'approcha.

— Qu'est-ce qu'elle attend de nous ? reprit la jeune infirmière. On n'a pas assez de pansements, pas assez de nourriture, pas assez d'eau. Désespérée, elle haussait le ton. Trois enfants sont encore morts, aujourd'hui. C'est quoi, cet endroit ? Des animaux dans une ferme sont mieux traités.

— Vous arrêtez ça tout de suite ! dit l'infirmière plus âgée d'un ton cassant. Vous êtes en train d'effrayer les patients. Prenez une pause et allez vous calmer. Vous ne m'êtes utile en rien, comme ça.

La jeune femme se mit à pleurer et s'en alla en courant. La plus âgée alla reprendre son travail.

Shauzia détourna la tête. Elle ne voulait pas regarder le lit vide.

Le lendemain, on lui donna une paire de béquilles.

— Entraîne-toi, dit l'infirmière, mais ne t'éloigne pas. D'autres personnes en ont besoin aujourd'hui.

C'était bien, de pouvoir bouger à nouveau, même si avec les béquilles cela n'avait rien de commode. Shauzia marcha un peu hors de l'hôpital et revint en sens inverse.

Puis elle s'arrêta et observa.

L'hôpital était constitué d'une simple grande tente, avec les pans ouverts pour laisser entrer le peu d'air qui parvenait à s'introduire. Des vêtements servant de paravents donnaient aux personnes alitées une vague sensation d'intimité, bien mince, et filtrait la poussière. Dans les coins, des familles de malades étaient assises par terre, attendant le rétablissement du patient. Des enfants pleuraient. Des infirmières et des médecins soignaient les patients qui faisaient la queue pour la consultation ; ils nettoyaient les plaies, faisaient des pansements et tâchaient de réconforter des gens en larmes, souffrants et plaintifs.

Personne ne vérifiait si Shauzia rendait les béquilles. Elle prit un tournant et déboucha dans une rue étroite, bordée de murs en terre, et l'hôpital disparut de son champ de vision. Elle quittait les lieux.

D'abord, pensa-t-elle, il fallait qu'elle trouve Jasper, qu'on n'avait pas autorisé à entrer dans l'hôpital. Elle ferait un dernier saut à l'Association des veuves, prendrait son chien, puis s'en irait sans dire un mot à personne.

Plus de Mme Weera. Plus de gens malades, fous ou désespérés. Juste elle, son chien, et la vaste mer bleue.

13

Shauzia avançait lentement. Marcher avec les béquilles n'était pas chose facile. La sueur coulait à l'intérieur de son plâtre, et sa jambe la grattait et lui faisait mal tout à la fois. Elle avait presque envie de retourner dans son lit à l'hôpital, mais elle tint bon.

— Mon garçon, où vas-tu ainsi dans cette chaleur ? l'interpella un homme assis sur le côté de la route.

— Vieil homme, qu'est-ce que tu attends, assis dans cette chaleur ? interrogea-t-elle en retour.

— J'attends, c'est tout, répondit l'homme. J'attends, voilà. Je ne sais plus ce que j'attends, mais j'attends. Un jour, tu attendras aussi, comme moi.

— Jamais ! s'écria Shauzia.

— Déjà que tu marches en pleine chaleur pour atteindre je ne sais quel but... mais où peux-tu aller ?

Il n'y a nulle part où aller. Cette rue-ci, cette rue-là, c'est la même chose. Un jour tu comprendras ça, tu t'assiéras et tu attendras.

Shauzia s'éloigna tandis que l'homme était encore en train de parler.

Elle passa devant de nombreux hommes du même acabit, assis, à attendre, la suivant des yeux tandis qu'elle avançait sur la route devant eux d'un pas lent et gauche. Les béquilles n'étaient pas à sa taille, et son dos lui faisait mal car elle marchait courbée. Elle ne dit rien à tous ces hommes. Ils ne lui adressèrent pas la parole. Ils regardaient, et attendaient.

Sa jambe la faisait beaucoup souffrir. Elle avait chaud et était fatiguée. Elle avait besoin de se mettre à l'ombre et de surélever sa jambe.

Elle fit demi-tour pour revenir vers l'hôpital, et se rendit compte qu'elle était complètement perdue.

Elle avait marché sans repérer où elle allait. Les routes et les sentiers partaient dans des directions différentes. Elle n'était jamais venue dans cette partie du camp quand elle allait faire des courses pour Mme Weera. Elle n'avait aucune idée de l'endroit où elle était ou de comment elle pouvait revenir sur ses pas.

Elle demanda à l'un des hommes assis où se trouvait l'Association des veuves. L'homme remua la question dans tous les sens tandis que Shauzia patientait, appuyée sur ses béquilles.

Un autre homme s'approcha.

— Qu'est-ce qui se passe ? » demanda-il au premier.

— Le garçon veut aller à l'Association des veuves.

— Qu'est-ce que tu veux aller faire là-bas, mon garçon ?

Les deux hommes en pleine discussion attirèrent l'attention d'un troisième. Les trois attirèrent l'attention de trois autres, et bientôt il y eut une douzaine d'hommes dans l'étroite rue poussiéreuse à se demander où pouvait bien se trouver l'Association, et même à s'interroger s'il existait vraiment une Association des veuves.

— Pourquoi veux-tu aller là-bas, mon garçon ? demanda à nouveau l'un d'eux à Shauzia. Tu ne sais pas qu'elles ont provoqué une émeute pour avoir de la farine ? Ne les approche pas. Des femmes qui vivent entre elles comme ça, c'est jamais bon.

La discussion s'engagea sur le thème de l'émeute. Les hommes racontaient que les veuves avaient lancé une bombe pour faire ouvrir les portes du stock.

Shauzia profita de l'occasion pour s'éclipser en empruntant un petit sentier et s'éloigner de ces hommes et de leurs histoires de fous.

Elle continua à marcher, tournant à droite et à gauche, espérant tomber sur quelque bâtiment qui lui semblerait familier.

Tout à coup, il n'y eut plus de mur en terre et Shauzia se retrouva face à une marée de tentes.

C'était l'endroit réservé aux nouveaux arrivants.

Mme Weera lui en avait parlé, mais c'était la première fois qu'elle le voyait.

— Ils n'ont pas de place là-bas, mais ils viennent quand même. Où pourraient-ils aller ? Ils n'ont rien, quand ils arrivent, disait Mme Weera. Certains attendent une tente pendant au moins six mois.

Shauzia fit demi-tour. Ce n'était ni l'Association des veuves, ni le chemin de la sortie.

Mais à l'idée de se replonger dans le dédale des murs en terre elle fit demi-tour à nouveau. Et si elle traversait le camp des nouveaux réfugiés et trouvait un raccourci qui la mènerait jusqu'à l'Association ? Son sens de l'orientation la fit se décider en faveur de cette solution, qui semblait la bonne.

Elle pénétra dans le nouveau camp.

Nulle route, nul sentier visible. À peine un espace étroit pour marcher entre les tentes, et parfois celles-ci se touchaient les unes les autres.

Certaines personnes avaient de vraies tentes faites de toiles estampillées U.N.H.C.R. [1] en grosses lettres noires. Pour d'autres, leurs abris étaient faits de bouts de chiffons sommairement cousus ensemble. D'autres encore avaient des tentes fabriquées avec de fines bâches de plastique tendues sur des bâtons.

Shauzia introduisit la tête dans l'une d'elles.

— Est-ce que vous savez où se trouve l'Association des veuves ? demanda-t-elle.

---

1. Haut Commissariat aux réfugiés des Nations Unies.

Les gens la dévisagèrent d'un regard vide. À l'intérieur de la tente, il faisait encore plus chaud que dehors, ce qui ne les empêchait pas d'être entassés les uns sur les autres. De fait, ils n'avaient nul autre endroit où s'asseoir.

— Donne-moi tes béquilles, cria une voix depuis une autre tente. Shauzia se pencha et vit une vieille femme assise à l'intérieur. Il lui manquait une jambe. Donne-moi tes béquilles, comme ça je pourrai m'en aller d'ici. Je déteste cet endroit.

Shauzia partit en courant. Dans sa précipitation, elle se prit les pieds dans un piquet et s'étala de tout son long sur le sol dur.

Des enfants éclatèrent de rire en voyant la scène. Shauzia savait qu'ils n'avaient rien d'autre à faire et qu'elle leur offrait un bon divertissement, mais elle n'était pas d'humeur à se donner en spectacle. Elle les menaça de sa béquille.

— Ce ne sont pas des manières de faire, dit un homme en l'aidant à se relever. Tu es plus âgé qu'eux. Tu dois leur montrer l'exemple.

Shauzia s'éloigna en boitillant sans même le remercier.

Elle entendit le bruit d'un camion et vit des gens qui se précipitaient avec des bidons et des casseroles. Elle suivit la foule.

C'était un camion qui livrait de l'eau. Les gardes firent se ranger les gens en file pour qu'ils attendent leur tour, mais ils étaient tous assoiffés. Ils se massèrent autour du camion.

Shauzia resta postée à l'écart sur une petite hauteur et regarda la scène qui se déroulait sous ses yeux.

Ceux qui parvenaient à remplir leur bidon du précieux liquide le voyaient souvent se renverser à terre dès qu'ils essayaient de repartir. Un homme laissa échapper son bidon, mais quand il revint vers le camion pour le remplir à nouveau, il ne put traverser la foule. Il brandit le bidon en signe d'indignation, heurtant d'autres personnes à la tête. Il reçut des coups en retour et bientôt ce fut une bagarre généralisée.

Shauzia tourna les talons et s'éloigna. Elle ne voulait pas se faire casser l'autre jambe.

Elle se fraya un chemin à travers les tentes et parvint à une sorte de route. Un camion blanc, comme ceux qu'utilisaient les associations humanitaires, arrivait dans sa direction : elle se posta au milieu de la route pour le faire s'arrêter.

— Je suis perdue, cria-t-elle.

Le conducteur descendit du camion.

— Où est ton pays ? demanda-t-il.

— Mon pays, c'est la mer ! répondit Shauzia en se mettant à pleurer. Mon pays, c'est la France ! Mon pays c'est un champ de fleurs violettes, où tout sent bon, où personne ne hurle, où personne ne me donne des coups. C'est là, mon pays.

L'homme aida Shauzia à s'installer sur le siège du passager et attendit qu'elle cesse de pleurer. Puis il lui demanda :

— Où habites-tu, là, maintenant ?

Shauzia essuya les larmes qui lui couvraient le visage.

— À l'Association des veuves.

Ils démarrèrent. La marée de tentes grouillant de misère semblait s'éloigner pour toujours.

— Qui sont ces gens ? demanda Shauzia.

— Ils viennent de quitter l'Afghanistan, lui expliqua l'homme. Les gens se dépêchent de franchir la frontière avant que les Américains n'attaquent.

— Les Américains vont attaquer ?

— Ils sont furieux de ce qui s'est passé à New York.

— Qu'est-ce qui s'est passé ?

L'homme, tout en tenant le volant d'une main, alla fouiller dans les papiers qui jonchaient le sol du camion.

— Tiens.

Il tendit à Shauzia une feuille de journal. Shauzia regarda la photo. De la fumée s'élevait des restes d'un bâtiment déchiqueté.

— On dirait Kaboul, dit-elle en laissant retomber le papier par terre.

Elle appuya sa tête contre le carreau de la fenêtre. Les gens devant qui ils passaient ne paraissaient pas avoir la force de faire exploser le moindre bâtiment.

Puis elle ferma les yeux et ne les rouvrit pas avant d'arriver aux baraquements de l'Association.

On avait donné son lit d'hôpital à quelqu'un d'autre, lui dit Mme Weera. Elle installa un *charpoy*, un lit indien, pour Shauzia. Jasper s'assit par terre sous le lit et les enfants de l'Association la supplièrent de leur raconter des histoires, jusqu'à ce qu'enfin Mme Weera les chasse à coups de pied pour laisser Shauzia se reposer.

Le lendemain, l'Association fit l'objet d'une agression. Une demi-douzaine d'hommes tentèrent de passer par-dessus les murs, hurlant que les femmes qui vivaient là étaient immorales et ne devaient pas être autorisées à vivre ensemble sans hommes pour les surveiller.

Mme Weera et les autres femmes les firent se replier au-delà des murs à coups de balai et de tout ce qui leur tombait sous la main. Shauzia dut rester sur son *charpoy*. Ses béquilles avaient été rendues à l'hôpital et elle ne pouvait rien faire d'autre que d'assister à la scène en criant contre ces hommes. Jasper, aboyant et tous crocs dehors, aidait à faire s'enfuir les agresseurs.

Mme Weera dut embaucher des gardiens supplémentaires. Elle ne le dit pas, mais Shauzia savait qu'elle se faisait du souci sur la façon dont elle allait pouvoir les payer.

Shauzia passa les semaines suivantes assise avec les femmes de l'atelier broderie. Elle ourla des nappes et des serviettes de table et attendit que sa jambe soit guérie.

14

L'infirmière du Croissant-Rouge posa son ciseau et détacha le plâtre de la jambe de Shauzia.

La jambe paraissait faible et décharnée.

— Essaie de te mettre debout, dit l'infirmière.

Shauzia s'appuya prudemment sur son pied. Elle sentit quelques élancements, mais sinon tout allait bien. Jasper vint renifler sa jambe enfin libérée et la lui lécha délicatement.

— C'était une simple fracture, dit l'infirmière. Tu as eu de la chance. Ne te mêle plus aux émeutiers, maintenant.

Shauzia fit quelques pas, testant sa jambe guérie.

— Nous allons recevoir vos premières trousses de secours cet après-midi, dit l'infirmière à Mme Weera qui avait amené Shauzia à l'hôpital. Quand partez-vous ?

— Demain, sans doute. Ou peut-être cette nuit. Je n'arrive pas à savoir si c'est plus sûr pour nous de voyager quand il fait nuit ou si nous devons attendre le lever du jour.

— Les deux sont dangereux, reconnut l'infirmière.

— Où est-ce que vous allez ? demanda Shauzia. Allait-elle vraiment être délivrée de Mme Weera ?

— Mme Weera est une femme très courageuse, dit l'infirmière. J'espère que vous lui témoignez du respect. Elle emmène des infirmières en Afghanistan.

— Vous retournez là-bas ? demanda Shauzia presque en criant. Mais pour quoi faire ?

— Notre peuple est sous les bombes, expliqua Mme Weera posément. Des milliers de gens sont massés à la frontière et essaient de sortir, mais la frontière est fermée. Ils ont besoin d'infirmières.

— Mais alors comment allez-vous pouvoir entrer ?

— On va devoir se glisser en douce, sans doute en passant par les montagnes.

— Vous ne serez que des femmes ? Vous ne vous en sortirez jamais. Les taliban vont vous arrêter.

— Il faut prendre le risque, dit Mme Weera. Les gens ont besoin de nous, et ils aideront du mieux qu'ils pourront. Nous devrions rentrer à l'Association, maintenant. J'ai des tas de choses à faire.

L'Association grouillait de gens qui s'activaient dans tous les sens, ces dernières semaines, mais Shauzia n'y avait pas prêté attention. L'atelier broderie

146

était passé des travaux d'aiguilles au découpage de pièces de bandages et au rempiétement de vieilles couvertures. Shauzia avait bien remarqué l'agitation autour d'elle, mais elle n'avait pas jugé nécessaire de poser des questions.

Ce soir-là, elle était assise par terre, le dos appuyé contre la paroi de la cabane où elle dormait et où les femmes avaient leur bureau. Des femmes ne cessaient d'aller et venir, sans faire attention à elle.

Farzana s'assit à côté d'elle. Jasper posa sa tête sur les genoux de la petite fille en donnant des coups de queue.

— Ça va être incroyablement tranquille, sans Mme Weera ici, fit remarquer Farzana.

— Qui sait si on ne l'entendra pas encore ronfler la nuit ? Même si elle est de l'autre côté de la planète, ses ronflements viendront jusqu'à nous. Elle va sans doute casser les tympans des soldats taliban puis prendre la tête de l'Afghanistan.

— Elle aura tout un pays à diriger, alors ! dit Farzana dans un gloussement. Elle adorerait ça.

— Tu crois que les lois des taliban sont stupides ? Celles de Mme Weera seraient pires encore. Elle obligera tout le monde à passer les après-midi à jouer au hockey.

Farzana rit à nouveau.

— Elle fera même jouer les vieux, et les éclopés !

— Elle est dingue !

À présent Shauzia était furieuse. Elle lança une

147

pierre dans la cour qui faillit atteindre l'une des femmes qui s'activait.

— Elle est complètement folle de retourner en Afghanistan, surtout sans homme. Elle s'imagine qu'elle peut tout faire uniquement parce qu'elle en a envie. Elle est dingue !

— Qu'est-ce que ça peut te faire ? demanda Farzana. Tu vas à la mer.

— Tu as raison, répondit Shauzia. Maintenant que je n'ai plus mon plâtre, je vais prendre la route.

— Tu ne m'emmènes pas, c'est ça ? demanda Farzana.

Shauzia ne dit rien.

— O.K., dit Farzana. Mme Weera me l'a dit, mais je le savais déjà.

Shauzia ne sut que répondre. Elle plongea la main dans le doux pelage de Jasper. Ce qu'elle ressentait était désagréable.

— Alors, qu'est-ce que tu fais ici à rester assise ? demanda Farzana. Pourquoi est-ce que tu ne pars pas ?

— J'y vais, dit Shauzia. Simplement, je me repose un peu. C'est un long voyage que j'ai à faire.

— Repose-toi ailleurs, dit Farzana. Je n'ai pas envie que tu sois dans mes pattes, maintenant.

— J'étais là avant que tu arrives.

— Tu veux toujours que les choses se passent comme tu l'entends, c'est ça ? Je reste où je veux. Et toi, va-t'en.

— C'est bon, je serai ravie de partir. Shauzia se leva. Je préfère la compagnie de n'importe qui plutôt que la tienne. Viens, Jasper.

Le chien la regarda de ses gros yeux marron, mais garda la tête posée sur les genoux de Farzana.

— Imbécile de chien, dit Shauzia, et elle s'éloigna d'eux d'un pas fier.

Elle trouva un endroit où s'asseoir dans les locaux de l'Association d'où elle ne pouvait voir personne. Puis elle sortit de sa poche la photo de France.

Peut-être était-ce la lumière pâle du soir. Peut-être était-ce sa colère contre Jasper qui avait choisi Farzana plutôt qu'elle. En tout cas, pour différentes raisons, les champs de fleurs violettes ne lui parurent pas si accueillants. En fait, ils lui parurent un peu ternes.

Shauzia remit la photo dans sa poche et s'appuya contre le mur. Durant un long moment, elle resta assise à réfléchir.

— Elles s'en vont ! Mme Weera s'en va !

Shauzia entendit les cris et se releva. Il fallait qu'elle les voie avant qu'elles ne partent. Il fallait qu'elle soit certaine que Mme Weera parte vraiment.

Toute l'association se réunit dans la cour pour dire au revoir. Shauzia se pencha, les regarda, voulut sortir en courant, mais quelque chose la retint.

Mme Weera la fit chercher. Elle serra Shauzia très fort dans ses bras comme elle savait le faire.

— Tu es quelqu'un de précieux, de très précieux lui dit-elle d'une voix douce. J'espère que tu iras à la mer. J'espère que la France t'accueillera à bras ouverts. Ils auront de la chance de t'avoir.

Mme Weera relâcha son étreinte et rejoignit les infirmières. Elles saluèrent une dernière fois et s'éloignèrent.

Les autres femmes retournèrent lentement dans leurs maisons. Shauzia, Farzana et Jasper restèrent debout dans l'entrée et les regardèrent s'éloigner.

— Elles seraient tellement plus en sécurité si elles avaient un homme avec elles, dit Shauzia.

— Ou même un garçon, remarqua Farzana.

Shauzia ne réfléchit pas plus longtemps. Elle ramassa son balluchon et son châle qui lui servait de couverture dans son abri. Elle s'arrêta une seconde devant Farzana et Jasper.

— Prends soin de Jasper, souffla-t-elle à Farzana. Si toi et lui allez jusqu'à la mer, fais-lui prendre un bain dans les vagues avec ça.

Elle tendit à Farzana le morceau de savon parfumé de Tom et Barbara. Puis elle fouilla dans sa poche, en sortit la photo du champ de lavande, et la donna également à Farzana.

Enfin, elle se pencha et serra très fort Jasper dans ses bras. Elle savait qu'il se moquait bien de la voir pleurer.

Puis Shauzia quitta l'Association et suivit le chemin qu'avait emprunté Mme Weera et les infirmières.

Elle avait quasiment vingt ans devant elle avant de

retrouver son amie Parvana au sommet de la tour Eiffel à Paris. Elle irait là-bas. Mais d'abord elle avait quelque chose à faire.

Mme Weera avait de grandes jambes. Shauzia devait courir pour la rattraper.

Précisions de l'auteur

L'Afghanistan, un petit pays de l'Asie centrale, est en guerre depuis 1978, quand l'armée soutenue par les Américains s'opposa au gouvernement pro-soviétique. En 1980, l'Union soviétique envahit l'Afghanistan, et la guerre s'amplifia : des deux côtés avaient lieu des bombardements et des meurtres à coups d'armes modernes.

Quand les Soviétiques partirent en 1989, différents groupes luttèrent pour le contrôle du pays et une guerre civile éclata. À la tête de ces groupes, des hommes connus sous le nom de seigneurs de la guerre, étaient particulièrement brutaux.

Les taliban intervinrent dans ce contexte troublé. À l'origine, c'étaient de jeunes hommes dont les parents avaient été tués lors de la guerre contre l'Union soviétique. Ils avaient été forcés de quitter l'Afghanistan et avaient suivi un entraînement dans des écoles militaires spéciales au Pakistan (écoles fondées par les polices secrètes pakistanaise et américaine) pour constituer une armée qui serait à même, un jour, de prendre le pouvoir dans le pays. En septembre 1996, l'armée des taliban s'empara de Kaboul, la capitale.

Les taliban mirent en place des lois qui imposaient des interdictions extrêmement strictes, en particulier pour les femmes et les filles. Les écoles de filles furent fermées, les femmes n'eurent plus le droit d'occuper un emploi et des règles vestimentaires très sévères furent imposées. Des livres furent brûlés, des postes de télévision réduits en miettes, la musique fut interdite et la presse libre sous quelque forme que ce soit devint illégale. Les taliban massacrèrent des milliers d'opposants et jetèrent les autres en prison. Des personnes disparurent purement et simplement, et leurs familles ne surent jamais ce qu'il était advenu d'eux.

Les destructions et le manque de moyens des gouvernements dus à la guerre produisirent un énorme afflux de réfugiés : les Afghans s'enfuirent de leur pays pour l'Iran ou le Pakistan où ils pensaient pouvoir être en sécurité. Des millions d'entre eux vivent encore dans des camps de réfugiés ou dans les taudis des villes. La guerre et la terreur ont régné si longtemps que beaucoup d'habitants n'ont connu, leur vie durant, que ces conditions de vie.

Le Pakistan est un pays très pauvre, et l'énorme afflux de réfugiés a pesé fortement sur l'économie. Des Afghans ont réussi à trouver du travail, mais bien souvent ils ont rejoint les bandes criminelles, pour essayer de survivre.

Bien que les taliban ne soient plus au pouvoir en Afghanistan, et qu'un grand nombre de réfugiés soient rentrés chez eux, les décennies de guerre ont laissé le pays dans un état pitoyable. Les ponts, les routes et les installations électriques ont été détruits. Peu de gens dans ce pays ont accès à l'eau potable. Toutes les armées ont truffé les champs de mines, y rendant impossible la moindre culture. Résultat : un grand nombre d'habitants meurent de faim et de maladies dues à la malnutrition.

Le plus grand espoir pour l'Afghanistan vient de ce que les écoles ont rouvert, et que tous les enfants, garçons et filles, ont maintenant une chance de pouvoir recevoir une instruction. Mais ils ont cette chance seulement si leur famille a les moyens de les envoyer à l'école, s'il y a une école non loin de chez eux, si l'école dispose d'un professeur formé, s'il y a des livres ou même un bout de tableau dont ils peuvent se servir. D'autre part, tandis que la vie reprend peu à peu son cours normal dans la capitale, un grand nombre de provinces éloignées sont toujours sous le contrôle des seigneurs de la guerre, et les femmes et les filles doivent faire face à des règles très contraignantes et très strictes.

La terrible pauvreté et la destruction qui ont frappé le pays font que les Afghans ont besoin de l'aide internationale pour reconstruire des écoles, des bibliothèques, des hôpitaux et des routes, et pour fournir les matériaux de base.

GLOSSAIRE

Badakhshan : province du nord-est de l'Afghanistan.

Burqa : long vêtement qui ressemble à une toile de tente et que les taliban ont imposé aux femmes qui veulent sortir de chez elles. La *burqa* les recouvre des pieds à la tête, avec un petit grillage serré au niveau des yeux.

Charpoy : lit indien, constitué d'un cadre tendu de cordes fines.

Croissant-Rouge : l'équivalent de la Croix-Rouge pour les musulmans : une organisation internationale qui apporte de l'aide aux malades et aux blessés lors des catastrophes naturelles et des guerres.

Dari : l'une des nombreuses langues parlées en Afghanistan.

Gengis Khân : le conquérant mongol (1162-1227) qui constitua un immense empire qui allait de la Chine à la Perse.

Nan : pain afghan plat, qui peut être tantôt de forme allongée, tantôt ronde.

Organisation des Nations Unies : organisation internationale qui promeut la paix, la sécurité et le développement économique.

Ouzbek : langue des Ouzbeks, un peuple d'Asie centrale.

Pachtou : l'une des deux langues principales parlées en Afghanistan.

Roupie : monnaie du Pakistan.

Taliban : membres du parti au pouvoir en Afghanistan jusqu'en 2002.

Tchador : pièce de tissu portée par les femmes et les filles : elle leur recouvre les cheveux et les épaules. Les filles le portent lorsqu'elles sortent.

Composition PCA – 44400 REZE

Imprimé par CAYFOSA QUEBECOR à Barcelone (Espagne)
Dépôt éditeur n° 74460
32.10.1122.4.0./01 - ISBN : 2.01.32112.8
Loi n° 49-956 du 16 juillet 1949 sur les publications destinées à la jeunesse
Dépôt légal : septembre 2006